지키고 싶은 마음의 단편(斷片)

여섯 편의 단편 소설을 엮은 이야기집

김수수, 김연우, 신혜원, 정인희, 진선이, 황효

누구나 한 번쯤,
너무 빨리 지나가 버린 하루와
너무 늦게 알아버린 마음 앞에서
멈춰 선 순간이 있다.

차례

시인의 방

김연우

하늘을 올려다보자 먹구름 사이로 빗방울이 하나둘 떨어지고 있었다. 선주는 발걸음을 서둘렀다. 회백색의 신축 빌라들 사이에서 붉은 벽돌 주택은 유독 눈에 띄었다. 가을비에 젖어 가는 적갈색의 외관은 평소보다 더 어두워 보였다.

2년 넘게 동고동락했던 선해는 지난주에 이 집을 나가 역세권 오피스텔로 이사했다. 억대의 상금을 받은 선해에게, 장마철마다 곰팡이가 슬고 겨울마다 외풍이 온갖 틈새로 스며드는 우석빌라에서 버틸 이유가 더는 없기 때문이었다. 그녀는 이곳에 존재했다는 사실을 지우고 싶은 사람처럼 흔적조차 남기지 않고 떠났다. 이제 눈앞의 차가운

문손잡이를 돌리면 텅 비어버린 공간만이 선주를 맞이할 것이었다.

집으로 들어선 선주는 상념에 젖을 새도 없이 소스라쳤다. 현관에는 낯선 운동화 한 켤레가 있었고 좌식 테이블 앞에는 누군가가 앉아 있었다. 가방이 바닥에 떨어지며 내는 둔탁한 소리가 정적을 갈랐다. 선주는 창백해진 얼굴로 누구냐고 소리쳤다.

"시인입니다."

더 이상의 설명은 필요 없다는 듯한 차분한 말투였다. 미친 사람이라는 직감에 선주는 주변을 둘러보았다. 무기로 쓸 만한 것이라곤 긴 막대 걸레뿐이었다. 선주가 주머니에서 핸드폰을 꺼내 112 버튼을 누르려던 찰나,

"우리는 지난달 유토피아에서 만났습니다."

라는 말에 동작을 멈추었다.

유토피아는 대학가 뒤편의 술집으로, W대 문예창작학과 학생들이 모이는 아지트였다. 지난달 그곳에서는 선해를 위한 성대한 파티가 열렸다. 선주는 기억을 더듬어보았다. 볼이 발갛게 물든 동기들은 부어라 마셔라 했고 낯선 외국인들은 중앙 홀에서 춤을 췄다. 몇몇은 셀카 찍기에, 몇몇은 인스타그램 업로드에 여념이 없었다. 그 한가운데는 세상을 다 가진 듯이 빛나던 선해가 있었다. 선주는 그날을 카드 셔플하듯 몇 번이고 복기해 보았지만, 눈앞의 사람은 초면이었다. 선주의 시선이 거실의 막대 걸레와 불청객 사이를 오갔다.

"선주 씨 맞지 않습니까? 그렇게 서 있지 마시고 들어오십시오."

선주는 고개를 갸우뚱거리며 손짓하는 시인의 모습을 샅샅이 훑었다. 표정은 평온했고 위협적인 기색도 없었다. 사람을 해칠만한 인물로는 보이지 않았다.

"당장 나가주세요."

핸드폰을 쥔 손이 덜덜 떨렸다. 이에 시인은 아랑곳하지 않고,

"룸메이트가 나간다고 하지 않으셨습니까? 그날 선주 씨는 혼자 부담할 월세를 걱정하셨습니다. 제게 룸메이트를 제안하셨고 저는 좋다고 했습니다. 그리고 오늘 일곱 시, 우리는 이 집에서 만나기로 약속했습니다."

라고 대꾸했다. 공손하지도 무례하지도 않은 태도였다. 말을 마친 시인은 자리에서 일어나 선주에게 느릿하게 다가갔다. 뒷걸음질 치는 선주에게 시인은 리넨 셔츠 주머니에서 노란 포스트잇을 꺼내어 펼쳐 보였다.

*민선주, 010-XXXX-XXXX, OO동 △△-□□번지, 우석빌라 102호, *260101**

꼬깃꼬깃한 포스트잇에는 이름, 주소, 연락처 그리고 도어록 비밀번호가 적혀 있었다. 숫자 '1'과 자음 'ㅣ'의 머리를 꺾어 쓰는 독특한 습관, 선주의 필체가 확실했다.

선주는 원래도 학교 게시판에 룸메이트 구인 글을 올

릴 계획이었다. 우석빌라의 월세를 혼자 부담하기에 아르바이트 수입만으로는 부족했기 때문이었다. 하지만 이 상황을 이해할 만한 기억이 선주에게는 전혀 없었다. 선주의 주량은 소주 한두 병 정도로, 신입생 오리엔테이션을 제외하면 지금까지 필름이 통째로 끊길 만큼 취한 적이 없었다. 선주는 경계심을 감추지 않은 채 머릿속에서 반박의 문장을 조합하다가 화를 내야 하는지, 반겨야 하는지, 침착해야 하는지 갈피를 잡지 못하고,

"미리 연락이라도 할 수 있었잖아요."

결국 울컥 소리를 질렀다.

"그때도 말씀드렸지만, 저는 핸드폰이 없습니다."

"그게 뭔…!"

"우리는 구시대적이지만 낭만적인, 아날로그 계약을 한 셈이지요."

시인의 문어체 화법에는 이상한 힘이 있었다. 무슨 말이라도 해야 하는데 입이 떨어지지 않았다. 시인의 시선이 선주의 얼굴에서 거실의 창문으로 옮겨갔다. 선주도 창밖을 바라보았다. 굵은 빗방울들이 유리창을 타고 쉴 새 없이 흘러내렸다. 바깥 풍경은 수채화 물감처럼 빗줄기에 윤곽이 번지고 흐려졌다. 선주는 엉거주춤하게 서 있다가 마지못해 신발을 벗고 집 안으로 들어갔다.

"우리는 꽤 잘 통했습니다. 저도 소설을 쓰니까요."

악수를 청하는 시인의 눈은 깊고도 아득했다. 목소리는 손을 뻗으면 닿을 듯하면서도, 몇 발짝 앞에서 흩어지는 안

개처럼 들려왔다.

*

선주의 앞에는 에쎄 체인지 프로즌 한 갑이 놓였다. 청년이 지갑을 꺼내고 카드를 꽂았다. 바나나 같은 노란 머리카락이 눈에 띄는 인상으로, 편의점 맞은편 고깃집 아르바이트생이다. 선주가 뒤편의 진열대에서 담배를 집어 들었다. 손놀림은 능숙했다. 오십 개가 훌쩍 넘는 담배 종류를 다 외웠기 때문이다. 4천5백 원입니다. 카드는 앞에 꽂아 주세요. 감사합니다. 안녕히 가세요. 선주가 각본 같은 말을 마쳤다. 청년이 나가자 유리문에 달린 작은 종이 울렸다. 내일, 노란 머리 청년은 또 올 것이다. 에쎄 체인지 프로즌 한 갑을 살 것이다. 유리문에 달린 작은 종은 또 울릴 것이다. 이것이 선주의 일상이었다. 반복 재생으로 필름이 늘어진 비디오테이프 같은.

편의점은 대학가에서 떨어진 아파트 상가건물 1층에 있었다. 선주의 업무는 계산, 청소, 상품 진열, 유통기한 체크, 시재 점검이었다. 상품 발주나 재고 관리는 점주의 일이었다. 어린 친구들의 만행에 염증이 난 점주는 선주가 꼭 마음에 들었다. 선주는 핸드폰에서 눈을 떼지 못한다든가, 계산대에 앉아 전공 시험이나 자격증 공부 따위는 하지 않았다. 선주는 편의점 아르바이트생의 역할을 능숙하게 수행하는 노련한 배우였다. 야무진 손으로 바코드를 단번에 찍었고, 정확한 발음으로 손님에게 인사했으며, 현금 영수증부터 포인트 적립 여부까지 세부 사항을 놓치는 법도 없었다.

수업을 마치고 곧장 편의점으로 출근하는 선주에게, 선해를 포함한 동기들은 왜 하필 편의점이냐고 물었지만, 선주는 이 일이 좋았다. 관계에서 비롯하는 불필요한 감정 소모가 적었고, 친절한 태도만 유지하면 되었다. 진열대의 물건들이 언제나 제자리에 있음에 왠지 위로를 받기도 했다. 적당한 외모, 적당한 성격, 적당한 선주. 편의점은 그녀가 참으로 '적당하게' 존재할 수 있는 안온한 공간이었다. 그래서 좋았다. 좋았지만—

—꼭 그런 것이었을까. 점주와의 교대로 시작하여 점주와의 교대로 끝이 나는 완벽한 수미상관의 일상. 전국 편의점 어디서나 볼 수 있는, 획일적으로 진열된 물건들. 복사와 붙여넣기를 한 듯한 인테리어. 비슷한 표정의 손님들(선주는 그들이 매트릭스의 스미스 요원처럼 느껴졌다). 진부한 진상들과 상투적인 취객들. 편의점을 배경으로 하는 소설은 필연적으로 비슷해질 수밖에 없겠다고 선주는 생각했다.

시인의 출현은 선주의 모노드라마 같은 일상에 작은 균열이었다. 선주가 전입신고 여부를 물었을 때 시인은 괜찮다고 답했다. 신원 확인을 위해 신분증을 요청했을 때 분실했다고 답했다. 나이를 물었을 때는 "제 나이는 당신이 마음속으로 떠올린 나이."라고 선문답했다. 참다못한 선주가 "그럼 언니, 이모, 또는 할머니로 부르겠다."라고 쏘아붙이자, 시인은 대수롭지 않다는 듯 그러라고 했다. 이번 달 월세와 선해에게 돌려줘야 할 보증금을 현금으로 한꺼번에 받은 선주로서는 더 따지고 들 수가 없었다.

아무리 그래도 요즘 같은 시대에 핸드폰이 없다는 사실이 가장 이해하기 어려웠다. 시인과 함께 지낸 지 일주일이 지났는데도 여전히 아는 게 없었다. 최근 사흘간은 마주치지도 못했다. 방문은 늘 굳게 닫혀 있었다. 하지만 문을 두드려 간식이라도 줄 넉살이, 선주에게는 부족했다. 현관에 놓인 시인의 운동화를 보고도 매번 지나칠 뿐이었다.

선주는 진열대에서 물건을 고르는 손님들의 무표정한 얼굴을 힐끗거리며 시인의 직업과 생활, 성격과 취향을 제멋대로 그려보았다. 상상에 상상을 겹치다 보면 시인의 정체가 무엇이든 괜찮을 것만 같았다. 오히려 낭만적이라는 생각마저 들었다. 선주는 시계를 쳐다보았다. 퇴근까지는 아직도 세 시간 정도 남아 있었다. 그때, 전형적인 유리문에 매달린 전형적인 종이 전형적으로 울렸고, 비전형적인 여자가 편의점으로 들어왔다. 여자는 붉게 염색한 긴 생머리에 계절과 어울리지 않는 민소매와 반바지를 입고 있었다. 종보다 한발 늦게, 선주는 여자를 바라보았다.

"역시 있을 줄 알았어."

한 달 전까지도 모닝콜 대신 자신을 깨우던 목소리였

다. 한때 사귀었던 연인의 목소리보다 마음 깊이 자리 잡은 목소리였다. 이에 선주의 귀보다 마음이 먼저 반응했다. 선주는 우석빌라를 떠난 선해를, 몇 년 만에 집으로 돌아온 자식처럼 바라보았다. 선해는 가볍게 손을 흔든 뒤 음료 냉장고로 향했다. 그녀의 실루엣은 과자 진열대 뒤로 금세 사라졌다. 선해가 우석빌라를 떠난 뒤로 둘은 왕래가 끊겼다. 살을 부대끼며 지내는 동안 저 혼자만 정을 쏟았나 싶은 서운함이 밀려왔다. 그래서 선주도 먼저 연락하지 않았다. 개강하고서부터는 강의실에서 마주칠 일도 없었다. 작품 집필을 이유로 선해가 갑자기 휴학계를 냈기 때문이었다.

선해는 선주가 대학 입학 후 가장 먼저 사귄 친구였다. 문예창작학과 동일 전형 합격과 같은 성(姓)이라는 공통점으로 금세 가까워졌다. 어쩌다 보니 기숙사 룸메이트까지 됐다. 민선주와 민선해. 사람들은 이름만 들어도 자매냐고 물었다. 그러나 둘이 속한 세계는 정반대였다. 선주의 엄마는 비싼 등록금을 내고 글이나 쓴다며 노발대발했고, 선해의 엄마는 타고난 예술성을 살려 크게 되라고 지지했다. 언제나 적당했던 선주와 달리, 선해는 머리끝부터 발끝까지 치장했다. 패스트패션을 좇으며 학기마다 새 옷차림으로 나타났다. 노란색, 보라색, 핑크색까지 시도하지 않은 염색이 없을 정도였다. 경북 상주에서 사과 농사를 짓는 엄마 밑에서 자란 선주에게 선해는 마치 유니콘 같았다. 선해의 살결에서는 언제나 열대 과일 향이 풍겼다. 생각도 마음도 알록달록했다. 그녀의 글에서는 솜사탕 맛마저 나는 것만 같았다. 기숙사를 뛰쳐나가자고 부추긴 건 선해였다. 기숙사 생활 6개월 만이었다.

선해는 새벽을 넘어 아침 해가 뜰 때까지 술을 마시길 원했다. 코코넛부터 샌달우드까지 각양각색의 향초를 마음껏 피우길 바랐다. 작가, 화가, 뮤지션 등의 예술인을 모조리 불러들여 매일 밤 파티를 여는 자신을 꿈꿨다. 거리의 불빛이 쏟아지는 번화가 한복판에서 사는 삶을 열망했다. 그뿐만이 아니었다. 늘어나는 옷, 신발, 화장품을 놓을 공간도 필요했다. 컴퓨터와 태블릿, 책과 잡동사니를 다 올려 두고도 자리가 남을 정도의 큰 책상도 원했다. 규칙과 제약이 많은 기숙사는 선해의 무대로는 역부족이었다. "사람에게는 자기만의 무대를 꾸밀 공간이 필요해." 선주는 선해의 말을 들을 때마다 자신은 왜인지 기숙사 생활이 불편하지 않다고 생각했다. 상주 시골집에서 언니와 방 한 칸을 나누며 살아온 선주에게는 적당한 규칙 안에서 적당히 지내는 것만으로도 충분했다.

충분하고 적당한 선주는 결국 선해를 따라나섰다. 선해는 언제나 빛났고 선주는 그 빛에 저도 모르게 이끌렸다. 처음엔 호기심과 흥미였지만, 그것만으로도 충분히 마음이 움직였다. 선주와 선해는 함께 돈을 모으기로 약속했다. 18학점 수업과 아르바이트를 병행하던 선주는 늘 시간이 부족했고, 선해는 휴학계를 내고 학원 조교 일을 시작했다. 하지만 둘의 아르바이트만으로 보증금을 대기엔 턱없이 모자랐다. 선해의 엄마가 나선 덕에 둘은 기숙사를 벗어나 작은 투룸을 얻을 수 있었다. 자신만의 공간이 생기자 진짜 어른에 한 발짝 가까워진 것만 같았다. 이제 진짜 삶이 시작되려는 것만 같았다. 선주는 반짝거리는 선해 옆에 있으면 자신이 조금 덜 촌스럽고 더 흥미로운 사람이 되는 기분이었다.

"선주야?"

화들짝 놀란 선주의 눈앞에는 커피 두 잔이 놓여 있었다.

"이번 주에 유토피아 올 거지?"

"유토피아?"

"여름의 팔레트 말야. 드라마로 만든대."

『여름의 팔레트』는 공모전에서 수상한 선해의 장편소설이었다. 넷플릭스 같은 대형 플랫폼은 아니지만 마니아층이 두터운 회사라고 했다. 선해는 벌써 계약금까지 받았다고 덧붙였다.

"지난번처럼 크게는 안 해. 이번엔 소소하게 파티하려고. 유토피아는 예약해 놨어. 너 주말에 알바 없지?"

선주는 커피 뚜껑을 따서 한 모금 마시는 선해를 훑어보았다. 붉은 머리카락, 붉은 입술, 붉은 손톱. 오늘의 선해는 온통 붉었다.

"하나는 네 거야."

계산을 마친 선해가 남은 커피를 선주 쪽으로 밀었다. 유토피아에 꼭 오라고 당부하며 선해는 편의점을 빠져나갔다. 자신 앞에 놓인 커피를, 선주는 물끄러미 바라보았다. 오리지널 아라비카 라떼 250ml, 이번 달 원 플러스 원 기획 상품이었다.

*

어둠 속에서 공벌레처럼 웅크린 몸은 하나의 덩어리처럼 보였다. 차렵이불이 목부터 발끝까지 감싸고 있었지만, 홑창 틈새로 찬 바람이 스며들어 몸 구석구석을 파고들었다. 선주는 작게 한숨을 내쉬었다. 책상 위에는 읽다 만 책과 쓰다 만 메모, 오래도록 켜지지 않은 노트북이 뒤엉켜 있었다. 눈이 어둠에 익숙해지자 천장에서 형광빛이 어슴푸레 나타났다. 이전 세입자가 붙이고 간 야광별 스티커들이 다닥다닥 붙어 어둠 속에서 촌스럽게 발광하고 있었다.

고등학교까지만 해도 선주는 영재라 칭송받았다. 쓰기만 하면 백일장에서 당선되었고, 교내 대회는 물론 교육청 주관 글짓기 대회, 전국청소년문학상, 청소년 문예 백일장 같은 전국 단위 상을 휩쓸었다. 시골집 벽면에는 상장과 상패가 차곡차곡 쌓여갔다. 담임과 교장은 '작가가 될 아이'라며 치켜세웠다. "글이 밥 먹여주냐? 언니처럼 사과농사나 해라." 엄마의 잔소리에도 선주는 아랑곳하지 않았다.

작가의 꿈을 안고 서울로 올라온 시골 소녀에게 현실은 녹록지 않았다. 어둠 속에 홀로 뜬 별은 밝게 빛나지만, 무수한 별들 사이에서는 가장 밝은 별만 보이기 때문이었다. 선주는 그렇게 무수한 별들 사이에서 흐릿해졌다. 예술대 진학을 반대했던 엄마는 선주가 3학년이 되자 등록금 외의 생활비는 스스로 해결하라고 통보했다. 졸업을 앞둔 선주의 손에 남은 것은 영예가 아닌 유예였다. 인생을 미루는 것이 언젠가부터 습관이 되어 있었다.

네 방은 참 좋아. 이렇게 많은 별이 반짝거리잖아.

선해의 부드러운 목소리가 귓가에 맴돌았다. 함께 나란히 누워 천장을 바라볼 때마다 선해가 읊조리던 말이었다. 어둠 속에서도 맑고 선명하게 들려오는 것만 같았다. 선주는 이불을 걷어차며 벌떡 일어났다. 형광등 불빛에 야광별들은 순식간에 빛을 잃고 초라해졌다. 선주는 방문을 열고 나가 맞은편 작은 방의 문을 조심스럽게 두드렸다.

"네."

문 맞은편에서 목소리가 들려왔다.

"잠깐… 괜찮아요?"

짧은 침묵이 이어지더니 방문이 열렸다. 홈웨어 차림의 시인이 모습을 드러냈다.

"함께 지낸 지 며칠 됐는데……."

선주가 말끝을 흐렸다.

"… 제대로 된 파티를 못 한 것 같아서요."

시인의 눈이 잠깐 커졌다.

"파티요?"

"그냥… 환영 파티 말이에요."

선주는 '파티'라는 단어에 선해처럼 강세를 주었다.

"그런 것은 어떻게 하는 겁니까?"

선주는 잠시 생각하다 시인에게 기다리라고 하고 밖으로 나갔다. 얼마 지나지 않아 돌아온 선주의 양손에는 GS25 편의점 봉투와 검은 비닐봉지가 들려 있었다. 선주는 거실 테이블에 맥주 캔들을 늘어놓았다. 그리고 분식집에서 사 온 떡볶이와 순대를 차렸다. 시인은 눈을 끔벅거리며 선주의 행동을 가만히 지켜보았다.

"맥주, 드시죠?"

"못 마시지는 않습니다."

시인은 맞은편에 앉았다. 선주가 먼저 건배를 제안했다. 캔이 맞부딪히는 소리 뒤로 어색한 정적이 흘렀다. 환영 파티를 하자고 한 건 자기인데 정작 뭘 어떻게 해야 할지 몰랐다. 선주는 하릴없이 순대와 떡볶이를 번갈아 먹다 입을 열었다.

"외자 이름은 어딘가 특별해 보여요."

시인은 어깨를 으쓱했다.

"제 이름은 좀 촌스럽잖아요. 요즘은 영어로도 한글로도 불리는 이름이 트렌드래요. 제니처럼."

"선주도 멋있습니다. 배를 이끈다는 뜻이니까요."

선주의 이름은 '배 선'에 '주인 주'를 썼다. 할아버지가 지어주신 이름이었다. 인생이라는 바다를 항해하는 배의 주인이 되라는 뜻이었다.

“어떻게 알았어요?”

“우연입니다.”

시인은 천연덕스럽게 대꾸했다.

“세상은 원래 우연으로 엮여 있으니까요.”

선주는 맥주를 홀짝거리며 시인의 얼굴을 힐끔거렸다. 눈은 작지도 크지도 않았고 코는 높지도 낮지도 않았다. 나이를 가늠할 수 없는 외양이었다. 처음 만났던 날 허리를 곧게 펴고 거실에 앉아 차분하게 말하던 시인은 어딘가 먼 세대처럼 느껴졌다. 그런데 눈앞에서 떡볶이 국물에 순대를 찍어 먹는 모습은 또 제 또래처럼 느껴졌다. 진짜 이름과 나이 그리고 직업까지, 묻고 싶은 말들이 목구멍 근처까지 부풀어 올랐다가 스르르 사그라들기를 반복했다. 하지만 캐묻기 시작한다면 환영 파티가 아니라 신상 털기가 될 것이었다. 게다가 물어봤자 “제 나이는 당신이 떠올린 숫자”처럼 선문답으로 반응할 것 같았다. 선주는 타는 목을 달래려 맥주만 연달아 들이켰다. 한 모금, 두 모금, 세 모금, 차가운 맥주가 뱃속에서 따뜻해질 무렵 술기운이 올라왔다.

“돈은 어떻게 버세요?”

아차 싶었다. 얼마든지 다른 표현으로 에둘러 물을 수 있었는데, 하필 가장 노골적인 질문이 튀어나왔다. 얼굴이 화끈거렸다. 선주는 황급히 화제를 돌렸다.

“방에 상자가 많던데… 언니 옷이에요, 아님 글이에요?”

자신의 입에서 튀어나온 '언니'라는 호칭에 선주는 겸연쩍게 웃었다.

"사실을 말하자면."

시인이 젓가락을 내려놓고 선주를 물끄러미 바라보았다.

"…… 저는 마약 밀수 조직의 연락책입니다."

맥주 캔을 잡으려던 선주의 손이 허공에서 멈추었다. 시인은 덤덤한 목소리로 말을 이어 나갔다. 그는 거처를 여기저기 전전하는 신세라 전입신고가 불가능했고, 핸드폰은 대포폰이라 번호를 알려줄 수 없다고 털어놓았다. 여러 신분으로 살아왔지만, 이번에 받은 이름이 마침 '시인'이라는 사실도 고백했다. 지난달 우연히 들른 유토피아에서 선주가 술김에 제안한 룸메이트 자리는 은신처가 필요했던 그에게 뜻밖의 횡재였다고 덧붙였다. 문창과 학생에게 소설을 쓴다며 접근하면 쉽게 마음을 열 것이라 예상했다고도 했다. 마약 밀수 연락책과 시인이라는 조합이 어딘가 마음에 들었다면서, 말을 마친 시인이 싱긋 웃었다. 속내를 가늠해 보려 해도 해독하기 어려운 표정이었다. 거실의 공기가 무겁게 가라앉았다.

"…… 라는 게, 지금 쓰고 있는 소설 주인공의 설정입니다."

선주는 가슴을 쓸어내리며 참았던 숨을 내쉬었다. 시인이 선주에게 맥주 캔을 내밀자 무겁게 가라앉았던 공기가 금세 가벼워졌다.

"그럼 이름은 시인인데 소설을 쓰시니까, '소설가 시인'인 셈이네요."

키득거리는 선주에게 시인이 웃으며 맞장구쳤다.

"선주 씨도 글을 쓰시는 거로 압니다."

글을 쓴다. 그 말은 어딘지 부끄러웠다. 자신이 쓰는 건 어디까지나 습작이었고, 그것을 읽는 사람도 자신 뿐이기 때문이었다.

"글을, 쓰긴 했죠."

"과거형이군요."

"… 소설 이야기, 궁금해요."

시인은 나지막이 말을 이어 나갔다.

"마약 밀수 조직의 연락책이 술집에서 만난 대학생과 동거하는 기묘한 이야기입니다. 그의 임무는 물건을 받아 안전하게 전달하는 것, 그뿐이었습니다. 그러던 어느 날, 연락책은 조직의 어둡고 끔찍한 비밀을 알게 됩니다. 이후 그의 삶은 완전히 달라집니다. 그는 이제 세상에 존재하지 않는 유령으로 살아가야 하는 신세가 된 것입니다. 본격적인 이야기는 여기서 시작됩니다."

선주는 마른침을 삼켰다. 그녀의 상체가 시인 쪽으로 미세하게 기울어 있었다.

"선주 씨와의 만남에서 영감을 얻은 이야기이기도 합니다."

"… 부럽네요."

선주가 나직이 중얼거렸다.

"무엇이 부럽습니까?"

"쓰고 싶어도 안 써져요. 학교 갔다가 알바하고 오면 하루가 다 가니까."

시간은 핑계일 뿐이었다. 문제는 글이 아니었다. 꼬박꼬박 수업을 듣고 일하며 꾸역꾸역 글을 써 내려갔지만, 선주는 언젠가부터 인생을 소모한다는 기분을 떨쳐낼 수가 없었다. 고단한 소모 끝에 찾아올 결말은 뻔했다. 경북 상주에서 엄마와 언니의 농사일을 돕는 장면이었다. 고향으로 돌아가는 일만큼은 싫었다. 평생을 그곳에서 살아갈 것 같다는 예감 때문이었다. 삶이 시작되기도 전에 가장자리로 내몰려 끝나 버릴 것만 같았다.

"그럴 리가요…? 선주 씨도 하나의 이야기일 뿐입니다."

시인이 갸웃거렸다.

"모든 이야기는 결국 누군가에 의해 쓰입니다. 쓰이기 위해 존재하지요."

말하면 말할수록 시인은 상식과 상상 바깥 너머로 멀어졌다. 둘은 술과 말을 주거니 받거니 했다. 시인은 '정말 조직에 잠입할지도 고려해 봤습니다만' 같은 말을 했고 선주는 '인정받기 위해서가 아니라 행복하기 위해 쓰고 싶다' 같은 말을 했다. 맥락 없는 대화가 이어졌다. 둘의 말들은 길을 잃고 방황했고 대화는 자주 어긋났지만, 어딘가 죽이 맞았다. 밤이 깊어 갈수록 집은 시인의 존재감으로 가득해졌다. 선주의 마음속에 단단하게 채워진 자물쇠가 풀리는 것만 같았다.

다음 날 오전은 공강이었다. 선주는 라면이라도 끓여 먹으려고 냄비에 물을 받으며 시인을 불렀다. 아무런 대답이 없자 선주는 시인의 방으로 다가갔다. 문 앞에서 잠시 머뭇거리다가 문을 두드렸다. 여전히 대답은 들려오지 않았다. 선주는 조심스럽게 문을 열고 들어갔다. 시인의 방은 단출했다. 선해가 머물렀을 때보다 더 넓어 보였다. 창문 밑에는 원목 책상이, 책상 양쪽으로는 낮은 책장이 놓여 있었다. 바닥에는 홑이불이 아무렇게나 널브러져 있었다. 글을 쓴다고 했던 것과 달리 정작 그런 흔적은 보이지 않았다. 원목 책상 위에는 스프링 노트와 볼펜, 그리고 돌뿐이었다. 돌은 주먹만 한 크기로 둥그스름했지만 울퉁불퉁한 형태였다.

생명체를 돌봐줄 여유는 없는데 혼자 지내는 건 또 쓸쓸해서 반려돌을 키운다고, 어제 지나가듯 했던 말이 뇌리를 스쳤다. 그러고 보니 최근 핸드폰이 고장 난 김에 디지털 디톡스 중이라는 말도 떠올랐다. 역시 범상치 않은 사람이라고 생각하며 선주는 돌의 표면을 쓰다듬었다. 햇빛을 머금은 따뜻한 감각이 손끝으로 전해졌다. 의외로 촉감은 반질반질했다. 벽 쪽에는 상자 서너 개와 여행용 캐리어뿐이었다. 이사 온 지 일주일이 넘었는데도 아직 짐을 다 풀지 않은 것 같았다. 선주는 가만히 서서 상자들을 바라보다, 발소리와 숨소리를 죽이고 천천히 다가갔다.

'아주 잠깐이야.'

조심스럽게 연 상자 안에는 스프링 연습장과 구깃구깃한 메모지, 그리고 자필 원고들이 가득했다. 초고나 낙서들이 대부분이었다. 하지만 한 장, 두 장 넘길수록 손이 빨라졌다. 문장들은 집요할 만큼 세밀하면서도 생경했다. 선주는 손에 잡히는 모든 원고를 한 단락씩 짚어가며 읽어 내려갔다. 아무도 모르는 오래된 비밀에 다가서는 듯한 묘한 감각이 선주를 사로잡았다. 시간 가는 줄 모르고 빠져들던 도중, 선주의 손이 멈췄다. 직감적으로 알 수 있었다.

선주는 시인의 방을 박차고 나왔다. 곧장 자신의 방으로 달려가 책장에서 회색 책 한 권을 꺼냈다. 책 표지에는 『여름의 팔레트』라고 정갈한 글씨체로 적혀 있었다. 선주는 원고와 『여름의 팔레트』를 대조해 보았다. 구성과 인물, 심지어 문장 표현까지 일치했다. 원고에는 선해가 선주에게 의견을 구했던 대목도 있었다. 단어를 고치고 밑줄을 그은 실제 작업 흔적이 선명했지만 그 필체는 선해의 것이 아니었다.

『여름의 팔레트』의 실체가 눈앞에 있었다. 형형색색 장식된 앞마당의 화려한 꽃들의 실체가, 남의 화단에서 몰래 꺾어온 것이라는 사실을 깨닫는 순간이었다. 원고를 움켜쥔 손이 부들부들 떨렸고 가슴속에서 무언가가 끓어올랐다. 선해가 의기양양하게 수상 소감을 말하며 눈물을 글썽이던 그때만 해도 선주는 선해가 부러운 동시에 자랑스러웠었다. 선주는 깊고 천천히 숨을 들이마셨다가 내쉬었다.

진실은 차갑고도 끈적거렸다.

*

대학가 번화가 뒤편, 80년대에나 지어졌을 법한 허름한 건물 2층에 있는 술집이자 예술인이라 자처하는 자들의 단골 아지트, 그것이 유토피아였다. 우울하지도 경박하지도 않은 음악과 말소리가 묻히지도 튀지도 않은 음량, 밝지도 어둡지도 않은 조명과 바깥을 조망하기에 안락한 높이까지—언제나 모든 것이 적당한 술집. 선해는 유토피아를 그렇게 정의했다.

선주는 유토피아의 분위기가 좋았다. 유토피아에는 트로피컬 정취를 풍기는 야자수들이 가득했고 새콤달콤한 과일 향기가 감돌았다. 다양한 장르의 음악이 흘러나왔고 보랏빛과 푸른빛이 어우러진 조명은 몽환적이었다. 때로는 현실에서 벗어난 듯해서 더 좋았다. 취객이 고래고래 소리 지르거나 테이블을 뒤엎는 일도 없었다.

문을 열고 들어서자마자 선주는 제자리에 멈춰 섰다. 소규모라는 말과는 달리 안은 북적거렸다. 말소리와 웃음소리, 빠른 박자감의 재즈 음악이 뒤엉켜 소란스러웠다. 학과 동기와 후배들, 정장 차림의 사람들과 외국인에게 파묻혀 깔깔대는 선해가 눈에 띄었다. 거스를 수 없는 중력처럼 모두가 선해를 중심으로 모여 있었다. 선해는 거대한 행성 같았다. 선주는 그 모습이 아름답고, 가증스러웠다.

선주는 안면이 있는 후배와 동기들에게 가볍게 손을 흔들어 보이고는 박제 사슴이 벽면에 걸려 있는 구석 테이블 자리로 발걸음을 옮겼다. 그곳에서 선주는 암살자처럼 선해를 주시했다. 『여름의 팔레트』의 진정한 주인은 민선해가 아니다. 도둑맞은 이야기가 잘못된 이름표를 달고 더 멀리 뻗어나가려 한다. 칵테일 잔을 쥔 손가락에 힘이 잔뜩 들어갔다. 선주가 표정을 가다듬으려 애쓸수록 눈, 코, 입이 얼굴에서 사방으로 튀어 나갈 것만 같았다.

"혼자 오셨어요?"

컷 편집한 것처럼 한 남자가 눈앞에 툭 튀어나왔다. 혼자 오셨냐니, 현실은 드라마보다 진부하다고 선주는 생각했다.

"신성한입니다. 시를 씁니다."

성한이 맞은편 의자에 몸을 밀어 넣었다. 선주는 눈썹을 치켜세웠다. 귀로 들은 정보와 눈으로 보는 이미지가 서로 충돌하고 있었다. 성한은 머리를 뒤로 빗어 넘겨 깔끔한 인상이었고, 반듯한 어깨선에 윤이 흐르는 정장 차림을 하고 있었다. 하지만 악수를 제안하는 오른손 등은 문신으로 뒤덮여 있었다.

"시인…."

선주의 시선이 번쩍거리는 시계와 알록달록한 만다라 문신에 머물렀다.

"대부분 그런 표정을 지으시더라고요."

묻지도 않았는데 성한은 문예지에서 등단한 이력을 늘

어놓았다. 북토크와 낭독회도 정기적으로 진행한다고 덧붙였다. 말투는 자로 잰 듯 반듯했고 사용하는 어휘들은 기업 인수 합병 보고서처럼 건조하고 냉정했다. 신성한, 신성한… 그 이름이 입천장에 달라붙은 캐러멜처럼 떨어지지 않고 입안에서 맴돌았다. 대형서점 베스트셀러 진열대에 놓여 있던 시집이 어렴풋이 떠올랐다. 선주가 "혹시 그 신성한이냐?"라고 묻자, 성한은 입꼬리를 올리며 고개를 끄덕였다. 성한이 핸드폰을 내밀며 인스타그램 팔로우를 요청했다. 선주는 고개를 저었다.

"여기 와 있었네. 둘이 벌써 인사했어?"

선해가 성한의 옆에 바싹 다가앉았다. 선주의 시선이 인스타그램 화면에서 반짝거리는 입술로, 다시 까맣게 빛나는 눈동자로 옮겨갔다.

"… 시인이라고 하시던데."

"시인? 시인이라고? 맞아. 시인이지."

선해는 깔깔 웃으며 성한의 팔을 쳤다. 성한이 제지하려 했으나 선해는 태엽 감긴 인형처럼 재잘거렸다.

"정문 앞 건물 알지? 그거 성한 오빠 건물이야. 상속받았는데…."

시인과 건물주. 선주는 그제야 성한에게서 느껴지던 차갑고 인공적인 느낌이 이해가 됐다. 일순, 우석빌라 102호의 작은 방에서 글을 쓰고 있을 시인이 떠올랐다. 언니, 이모, 할머니든 뭐든, 시인의 몸에서는 따뜻한 피가 흐르고 있을 것이었다. 선주는 선해를 바라보았다. 문득 무엇이든 할 수 있을 것만 같았다. 당장 이 자리에서 모든 것을 밝히거나, 모두가 보는 앞에서 소리를 지를 수도 있었다. 선해의 어깨를 부여잡고 어떻게 그럴 수 있냐며 흐느낄 수도 있었다. 하지만 그 어떤 상상도 통쾌하지 않았다. 자신 역시 남의 방을 몰래 뒤진 도둑이나 다름없었다.

선주는 핸드폰을 선해 앞으로 내밀었다. 선주가 『여름의 팔레트』 습작 원고 사진들을 넘기며 보여주자 선해의 얼굴에서 웃음기가 사라졌다.

"내 습작 원고가 아직 거기 있나 보네."

선주는 헛웃음을 터뜨렸다.

"이게 네 습작이라고? 네 짐은 다 가져갔잖아."

선주의 목소리가 떨렸다. 선해와 선주는 시선을 맞댄 채 아무런 말도 하지 않았다. 성한은 선해와 선주를 번갈아 가며 쳐다보았다.

"축하해. 앞으로 더 많은 사람이 볼 테니까."

선주가 목구멍에 고여 있는 말을 간신히 끄집어냈다. 선해의 붉은 입술이 씰룩거렸다.

"고마워. 원고는 찾으러 갈게."

선해는 선주의 어깨너머로 시선을 둔 채 말했다. 선해가 자리에서 일어나자 파스텔 색감의 시폰 치마가 나풀거렸다.

"다 무료니까 즐기다 가고. 오빠도요."

말을 마친 선해는 웃고 떠드는 사람들 속으로 모습을 감추었다. 선주의 눈길은 여전히 선해가 사라진 방향을 향했다.

"룸메이트였나 봐요?"

성한이 매무새를 다듬고 자신의 잔에 맺힌 물기를 휴지로 닦았다.

"지금은 아니에요."

"어딘가 닮아 보인 게 그 때문이었나 본데요."

닮았다는 그 표현이 한때는 달콤했다. 하지만 지금은 입에 쓴맛만 돌았다. 선주는 칵테일 잔을 입에 댔다가 내려놓았다. 앞으로의 출간 계획과 강연 일정에 관해 늘어놓는 성한의 목소리가 배경음악처럼 멀리서 들려왔다. 초점 없는 눈으로 고개만 끄덕거리는 선주에게 성한이 몸을 앞으로 기울였다.

"선주 씨도 문창과예요?"

선주는 머리를 긁적거리며 고개를 끄덕였다.

"무슨 글을 써요?"

성한의 눈동자가 반짝였다. 선주가 난감한 기색을 드러냈으나 성한은 아랑곳하지 않았다.

"소설? 시나리오?"

선주는 침을 삼켰다. 입안이 쓰다 못해 혓바닥이 까끌까끌했다.

"지금은."

자동 응답기처럼 억양이 없었다.

"마약 밀수 조직원이에요."

선주는 가방을 집어 들고일어나 뒤도 돌아보지 않고 유

토피아를 빠져나왔다.

돌아가는 길, 무언가 잘못된 느낌이 들었다. 횡단보도 앞에서 선주는 몸이 굳은 채 서 있었다. 아스팔트가 늪이 되어 다리를 끌어당겼다. 주변을 두리번거렸다. 교차로 근처였지만 사람은 보이지 않았다. 승용차들만이 선주를 지나쳤다. 집으로 가는 길이 떠오르지 않았다. 선주는 지도 앱을 켜 주소를 입력했다. 도착지까지의 경로가 화면에 나타나자 선주는 붉은 안내선을 따라 휘청거리며 앞으로 나아갔다. 걸음을 내디딜 때마다 몸이 아래로 가라앉는 것만 같았다. 허공을 움켜쥐었다. 잡히는 것은 그 무엇도 없었다. 오직 어둠만이 선주를 관통하고 있었다.

우석빌라 102호에 도착한 선주가 어둠 속에 우두커니 서 있다가 갑자기 냉장고에서 맥주를 꺼내 단숨에 들이켠 건, 유토피아에서 엄청난 사기라도 당한 기분이 들어서였다. 타는 갈증에 두 번째 캔을 땄다. 갑자기 발밑에서 재즈 베이스 진동이 느껴졌다. 이국적인 열대 과일 향기가 났다. 누군가 손뼉을 치며 환호했다. 도란도란 웃음소리가 끊이질 않았다. 선주가 양손으로 얼굴을 감싸자 이곳은 다시 고요해졌다. 세 번째 캔을 비우고 네 번째 캔을 땄다. 선주가 비틀거리며 시인의 방으로 향했다. 서늘한 문손잡이를 돌리자 문이 열렸다.

몇 벌 안 되는 옷가지와 바닥에 널브러진 이불, 그리고 쌓여 있는 상자들까지 방은 여전히 소박하고 어수선했다. 선주가 상자 쪽으로 다가가자 밖에서 기척이 느껴졌다. 몸을 기울여 거실 쪽을 내다보았지만 고요했다. 선주는 숨을 들이마셨다. 상자 속에서 원고 뭉치를 꺼내 들어 바닥에 앉았다. 관자놀이가 뜨거워졌고 시야가 흐려졌다. 손이 떨리고, 몸이 기울어지고, 마침내 온 세상마저 흔들렸다. 취기가 파도처럼 밀려오고 있었다.

선주는 핸드폰을 꺼내 카메라 앱을 실행했다. 찰칵. 첫 장을 찍고, 두 번째 장도 찍었다. 계속해서 찍었다. 선주가 눈을 끔뻑거릴 때마다 눈앞에서 인물들이 움직였고 이야기가 펼쳐졌다. 찰칵. 찰칵. 선해보다 더 뛰어난 작품을 쓸 수 있을 것만 같았다. 찰칵. 찰칵. 성한보다 더 유명한 사람이 될 것이다. 손가락이 자꾸만 멋대로 움직였다. 완성된 세계가 눈앞이었다. 마음속에서 무언가가 이스트처럼 부풀었다. 촬영은 밤새 중독처럼 계속됐다.

*

몽롱한 의식을 깨운 것은 사나운 빗소리였다. 허공을 더듬거리던 선주는 핸드폰으로 시간을 확인하자마자 침대에서 용수철처럼 튀어 올랐다. 허둥지둥 내려오다가 바닥의 맥주캔이 발에 걸려 요란한 소리를 냈다. 문을 열어젖히자 옅은 어둠이 선주의 몸을 감쌌다. 거실과 부엌은 이상할 정도로 조용했다. 그제야 선주는 오늘이 일요일이라는 사실을 깨달았다. 안도감 뒤로 숙취가 밀려들었다. 속이 울렁거렸고 머리는 깨질 것 같았다. 어젯밤 어떻게 잠들었는지 기억도 나지 않았다. 방에 와서도 맥주를 더 마신 모양이었다.

거실 커튼을 걷자 먹빛 하늘에서 차갑고 거센 비가 사정없이 쏟아졌다. 빗줄기가 맹렬하게 건물들을 때렸고, 골목 사이로 빗물이 거침없이 흘러내렸다. 선주는 냉장고에서 물을 꺼내 벌컥벌컥 들이켠 뒤 좁은 공간을 훑어보았다. 시인의 방문은 닫혀 있었고 현관에는 크록스 슬리퍼와 나이키 운동화—선주의 신발들뿐이었다.

시인의 방 앞에 서자 마음이 무거워졌다. 묵직하고 거대한 바위가 가라앉아 있는 심정이었다. 선주는 눈을 질끈 감고 방문을 조심스레 열었다. 문틈으로 짙은 어둠이 스며나왔다. 불을 켜자 날카로운 하얀빛이 눈을 찔렀다. 순간 선주는 뭔가에 홀린 듯 얼어붙었다. 방은 비어 있었다. 가구도, 이불도, 상자도 모조리 사라진 채였다. 방 한가운데에는 새카만 돌만이 덩그러니 놓여 있었다. 꿈속인지 물속인지 헤매는 기분으로 선주는 제자리에 주저앉아 멍하니 허공을 바라보았다. 억양 없는 말투와 특징 없는 얼굴. 떠올리려 할수록 시인은 잔상처럼 흐릿해졌다.

술김에 찍었던 원고 사진들은 사진첩에 고스란히 남아 있었다. 시인이 구상하던 마약 밀수 조직원 이야기의 초고였다. 초점이 나가 있었지만 알아볼 수 있었다. 손가락은 화면을 넘기고 또 넘겼다. 이야기는 이어지고 또 이어졌다. 선주는 읽고 또 읽었다. 그럴수록 선주의 이름으로 책이 출간되고, 서점 베스트셀러 책장에 진열되고, 유토피아에서 축하 파티가 열리는—짜릿한 장면들이 플래시처럼 연달아 펼쳐졌다. 입안이 말라왔고 심장은 요동쳤다. 달콤하고 위험한 속삭임이 들려왔다. 일순, 방안을 뒤흔드는 천둥소리에 힘이 빠진 손아귀에서 핸드폰이 떨어졌다. 집어 든 핸드폰 스크린 하단에 알림창 하나가 떴다.

이 이미지를 휴지통으로 이동할까요?

선주는 그 말을 입속말로 발음해 보았다. 휴지통으로, 휴지통으로… 검지가 '취소'와 '이동' 사이에서 미세하게 떨렸다. 유난히 선명한 빗소리가 시인의 방을 투명한 장막처럼 감싸는 것 같았다. 선주는 세상의 모든 소리가 멀어질 때까지 아주, 아주 오래도록 화면을 바라보았다.

마법사를 목격하셨다면

김수수

상가 우편함에 꽂혀있는 우편물 뭉치를 꺼냈다. 보나마나 전부 미납 고지서일 것이다. 옆구리에 모조리 꽂아 넣은 채 상가 안으로 들어갔다. 귀가 얼얼하게 울어대던 매미 소리가 한결 희미해졌다.

아직 문을 열지 않은 빈 공간을 따라 어두운 복도를 걸었다. 페인트가 듬성듬성 벗겨진 벽과 당장이라도 물이 샐 것 같은 곰팡이 낀 천장이 이 건물의 월세를 낮추는 데 한몫했을 것이다. 나는 복도의 가장 안쪽까지 들어가 간판도 없는 한 사무실의 문을 능숙하게 열었다. 틈새로 환한 빛이 새어 나왔다. 값싸고 낡은 사무실 중 유일하게 남향인 이곳, 내가 이 사무실을 선택한 이유였다.

희영아. 이 대형 출판사를 바닥부터 이만큼이나 키워놓고 진짜 그만두겠다고?

불현듯 전에 다니던 회사 동료의 말이 머릿속을 스쳤다. 청춘을 쏟아부으며 다녔던 작은 출판사가 대형 출판사로 커가면서 정치 경쟁에 떠밀리듯 퇴사하게 되었다. 라인을 타지 않은 개국공신은 늘 숙청당하는 법이었다. 이 사실을 알 리 없는 순진한 동료와 후배들에게는

"어차피 내 회사 차리고 싶었어. 잘 됐지 뭐."

하며 말뿐인 여유를 연기했다. 밀려난 사람이라는 낙인을 굳이 들키고 싶지 않았다.

책 장사 그만두면 뭐 해 먹고 사나 고민했지만 배운 게 도둑질이라더니 결국 작게 출판사를 개업했다. 모아둔 돈은 빠르게 줄어들었고 조바심에 갇혀있는 날이 길어졌다. 그럴 때마다 회사를 관두게 만든 이들을 떠올렸다. 그러면 금세 약해진 마음이 전의로 달구어졌다.

'두고 봐. 내가 보란 듯이 최고의 출판사로 만들어낼 테니까.'

짧게 한숨을 뱉은 후, 10평 남짓한 좁은 사무실의 불을 켰다. 책상 위에는 미처 치우지 못한 잡동사니들이 무너지기 직전의 젠가처럼 쌓여 있었다. 대충 옆으로 밀어버리고 컴퓨터 앞에 앉아 메일함을 열었다. 새 메일이 열 통 와있었다. 그중 네 통은 정기 결제 알림이었고, 나머지 여섯 통

은 투고 메일이었다. 트렌드에 떠밀리듯 시작한 SNS 덕분에 원고가 하나둘 들어오고는 있었지만 마음에 드는 원고는 드물었다. 오늘은 괜찮은 결과가 있기를 바라며 기획서와 원고를 읽어 나갔다.

이건 아쉽고.
이건 지루하고.
이건 안 팔릴 게 뻔해.

머리가 지끈거려 오기 시작했다. 혈혈단신, 작은 출판사는 좋은 원고를 받는 것이 아주 중요하다. 원고는 출판사의 존재 이유이자 생존 그 자체니까. 스멀스멀 올라오는 초조함에 어깻죽지가 떨렸다. 이러다가 제대로 해보기도 전에 이 작은 회사가 망할 것만 같았다. SNS 활동을 좀 더 왕성하게 해야 하나, 유튜브를 시작해야 하나 생존 활로를 고민하며 마지막 남은 한 통의 투고 메일을 기대 없이 클릭했다.

—

보낸 이 : 김범(kimbeom@mail.com)
본문 내용 :
안녕하세요. 남희영 편집장님.
저는 호러와 미스터리 장르 소설을 써온 작가 김범이라

고 합니다. 아니, 어쩌면 작가'였다'라고 말하는 편이 더 정확하겠군요. 먹고살기가 빠듯해 글쓰기를 포기했었으니까요.

하지만 최근, 저는 다시 노트북을 열 수밖에 없었습니다. 갑작스레 소설로 돈을 벌고 싶어진 것이 아닙니다. 세 달 전, 도저히 쓰지 않고는 견딜 수 없는 일을 겪었기 때문입니다.

그날, 저는 제 두 눈으로 똑똑히 보았습니다. 제가 쓴 장편 소설 『자바섬 사람들』의 등장인물인 '마법사'가 제 눈앞에 실제로 나타난 것을요. 소설 속 인물이 현실로 걸어나와 제 앞에 서 있었다는 말입니다! 메일을 쓰고 있는 지금도 여전히 그때를 생각하면 흥분이 가라앉지 않네요. 저는 작가이기 전에 굉장한 오컬트 마니아입니다. 그러니 이러한 현상을 기록하지 않고선 절대 배기지 못할 수밖에요. 제가 겪은 이 흥미로운 진실들을 반드시 세상에 내보내고 싶습니다. 시놉시스와 출간 기획서를 첨부하였으니 읽어보시고 연락해 주시기 바랍니다.

마지막으로 편집장님. 저를 검색해 보면 아시게 될 테지만, 저는 이 장르에서 꽤 유명합니다. 악명이 높다고 해야 할까요? 여러 가지 뜬소문에 휘말린 적이 많거든요. 바로 그 점이 신생 출판사의 뚜렷한 셀링 포인트가 될 거라 생각이 드는군요. 긍정적 검토를 바랍니다.

감사합니다.

김범 드림.

—

기이한 메일 내용에 머릿속이 잠깐 혼란스러웠다. 소설 속 인물이 눈앞에 나타났다는 건 고도의 마케팅 전략일까. 하지만 곧 '김범'이라는 이름의 작가가 기억에서 떠올랐다.

그는 호러·미스터리 장르에서 제법 이름을 알린 기성 작가였다. 유명 출판사의 공식 SNS 계정에서 그의 단편집이 카드뉴스로 홍보되기도 했다. 호러 소설 붐이 일었을 정도로 영향력이 컸던 작품이었고 그로 인해 김범 작가의 유명세도 함께 올라갔다.

하지만 그 이후 전해진 그의 소식은 다소 좋지 않았다. 그가 블로그에 게재한 단편 소설 하나가 문제였다. 지나치게 잔혹한 고문 묘사와 세밀한 범죄 동선은 '단순히 상상만으로 알 수 있는 것들이 아니다.'라는 섬뜩한 의심으로 번졌고, 결국 독자들의 집단 신고 사태로 이어진 것이다. 그 사건으로 김범 작가는 조사를 받았으나 무혐의로 결론이 났다. 그럼에도 그를 향한 의심은 끊이지 않았다. 일부 독자들은 소설 내용과 똑같은 실제 살인 사건을 찾아내며 또 한바탕 소동을 벌였으나, 이미 진범이 잡힌 오래전 범죄였기에 그에게 직접적 피해 없이 마무리되었다. 그러나 그 후부터였을까. 출판 업계에서 그의 이름을 들어본 적이 없다. 그가 스스로 펜을 내려놓았거나, 출판사들이 조용히 등을 돌렸거나, 어쩌면 둘 다였을지도. 김범 작가가 메일에서 말한 '악명'이란 아마 그 사건에서 비롯되었을 것이다.

나는 호기심과 긴장 속에서 그가 첨부한 시놉시스를 읽었다. 이때까지 본 지루했던 원고 탓일까, 나도 모를 은근한 기대감 때문이었을까. 그가 쓴 스토리는 시놉시스만으로도 충분히 내 만족도를 충족시켜 주었다. 이 정도라면 그의 이름값을 조금만 빌려도 금세 주목을 받을 것이다. 작가의 과거 논란 따위는 야망 가득한 작은 출판사 입장에서 망설일 이유가 전혀 되지 않았다.

나는 책상 위 고지서 뭉치들을 흘깃 쳐다본 후, 그가 보낸 메일에 답장하기 버튼을 눌렀다. 투고에 대한 의례적인 감사 인사와 함께 대면 미팅을 요청하는 짧은 본론을 담아 회신했다. 그날 오후, 그에게서 답장이 왔다.

그의 답장은 담백했다. 알겠다는 대답과 함께, 만날 장소와 시간이 일방적으로 적혀있었다. 일정을 조율해 볼 생각은 애초에 없다는 태도였다. 공교롭게도 약속 장소가 사무실과 가까웠고 그날 선약도 없었기에 나는 그의 제안을 승낙하였다.

*

약속 당일, 나는 시간에 맞춰 그가 통보한 장소로 나갔다. 시장통 구석까지 들어간 다음에서야 겨우 찾을 수 있었다. 눈여겨보지 않으면 그냥 지나치기 쉬울 정도로 작고 오래된 카페였다.

나는 문에 달린 풍경을 울리며 안으로 들어갔다. 카페 내부는 마치 지하실처럼 어두컴컴했다. 창문을 온통 실사 스티커로 막아둔 탓이었다. 채광은 넉넉하지 않았지만, 고풍스러운 조명이 여기저기에서 은은히 빛을 내 분위기를 잡아주고 있었다. 입구 쪽 진열장에는 동남아 기념품 같은 기묘한 동물 장신구들이 줄지어 놓여있었다. 그 맞은편에는 어르신 몇 분이 뜨거운 커피를 홀짝이며 앉아 있었다. 나는 그 옆을 지나 창문과 가장 가까운 소파에 앉았다.

그때, 모퉁이에서 한 남성의 실루엣이 움직였다. 가까워질수록 도드라지는 마른 몸, 잔뜩 굽은 어깨와 여기저기 눈치 보듯 굴러가는 눈동자. 처음 봤지만 알 수 있었다. 그가 김범 작가다.

"혹시 남희영 편집장님?"

젊은 사람이라곤 나 혼자 앉아 있었으니 금세 눈에 띄었을 것이다. 그도 나를 알아보곤 어눌한 목소리로 말을 걸었다.

무더운 날씨에 까만색 폴라티를 입고 나온 그의 옷차림을 보고 조금 당황했지만, 나는 업무용 미소를 잃지 않은 채 오른손을 내밀었다.

"반갑습니다. 남희영입니다."

"김범입니다. 시간을… 내주셔서 감사합니다."

그는 혀로 살짝 입술을 훑으며 내 오른손을 맞잡았다.

뜨겁고 축축한 기운이 손바닥으로 훅 전해져 왔다. 짧게 악수 후 나는 의자에 앉으며 그를 짧게 관찰했다.

장발의 머리를 아무렇게나 질끈 묶어 여기저기 흘러내린 잔머리는 전체적인 인상을 산만하게 만들었다. 그러나 그 아래로 커다란 눈과 짙은 쌍꺼풀이 그 산만함 또한 작가만의 개성인 것처럼 보이게 했다. 누구나 한 번쯤은 상상해 봤을 법한, 그러나 현실에선 좀처럼 마주치긴 힘든 그런 묘한 예술가의 분위기가 물씬 풍겼다.

"선물입니다."

그는 대뜸 구겨진 종이 가방을 나에게 건넸다.

"해외에 볼일이 있어 다녀왔다가 사 온 건데, 기념으로 챙겨 왔습니다."

뜻밖의 선물에 놀라 감사 인사를 하며 종이 가방을 받아 들었다. 나중에 열어보려 했지만, 그는 내 반응을 보고 싶은 듯 재촉하는 눈빛을 보냈다. 어쩔 수 없이 잔뜩 구겨진 종이 가방을 조심스레 열었다. 안을 들여다본 순간, 나도 모르게 미간을 좁히며 가방 입구를 덮어버렸다.

"이게 뭐죠? 이상한 머리카락 같은 게 보였는데…."

"부두 돌(Voodoo Doll)… 여기선 저주 인형이라고 부르려나요? 그 지역 특산품이라 아주 비싸게 주고 들여왔죠."

그는 새어 나오는 웃음을 참으려는 듯 손바닥으로 입을 가리며 중얼거렸다. 그 태도는 선물의 기괴함과 겹치며 불쾌감을 불러일으켰다.

"선물로는 썩 좋지 않아 보이는데요. 제 반응을 보려고 하신 건가요?"

"전혀요. 성의예요. 성의."

그는 손사래를 치며 대답했지만, 그 사이로 이죽거리는 웃음은 여전했다. 불쾌함은 더욱 깊어졌다. 대면한 지 십 분이 채 되지 않았지만, 그에게서 위험하고 기분 나쁜 기운이 느껴졌다. 어디선가 비릿한 냄새까지 나는 듯했다. 얼른 업무 이야기로 넘어가 원고를 받고 끝내야겠다는 결론에 도달했다.

나는 종이 가방을 옆으로 치워두고 명함을 건넸다. 그는 명함을 받아 들고 잠시 응시하더니 입을 열었다.

"저는 이곳에만 투고를 했습니다. 회사 소개가 가장 마음에 들었거든요."

그가 마음에 들었다고 한 회사 소개는, 단돈 오만 원을 주고 설치한 홈페이지에 적힌 'Welcome'이 전부였다. 의아했지만 취향이 심플하겠거니 생각하고 말았다.

"저도 작가님을 알아요. 호러 장르 쪽에서 유명하시다고요."

"영광이군요."

"거두절미하고 이제 책에 대한 이야기를 나눌까요?"

"그럴까요."

그는 슬며시 올라간 입꼬리를 손가락으로 살짝 닦았다. 삐딱하게 앉아 있던 자세를 고치고는 이야기를 시작했다.

"이메일에서 보셨겠지만, 저는 아주 믿기 힘든 일을 경험했습니다. 이 소설은 제가 본 것을 그대로 썼다고 생각하시면 됩니다. 픽션으로 포장을 했지만 실은 엄청난 진실이 숨어있는 것이죠."

그의 메일 내용이 떠올랐다. 소설 속 등장인물을 직접 눈앞에서 만났고 그 일을 토대로 소설을 집필했다는 내용. 나는 그 말도 안 되는 이야기를 작가 특유의 과장이나 비유쯤으로 생각했다. 그는 진지한 얼굴을 하고 말을 이었다.

"인간은 가지지 못한 것을 끝없이 욕망하는 존재지 않습니까? 저 또한 그렇고요. 저는 호러 소설 작가임에도 불구하고 정작 기이한 일을 겪거나 목격해 본 적이 단 한 번도 없습니다. 그 흔한 가위조차도 눌려본 적이 없었죠. 그래서 저는 늘 비현실적 감각을 열망하며 살았습니다. 너무나 간절히도요."

무언가를 눈앞에 그리듯 그의 시선은 허공에서 흔들거렸다.

"그런 저에게 이번에 일어난 일은 아마도 자바섬의 신이 내려주신 선물일 겁니다."

"자바섬의 신이요?"

"네. 자바섬 사람들이 믿는 신앙입니다."

그의 전작, 장편 소설인『자바섬 사람들』에서 나오는 신앙이라고 덧붙여 설명했다. 나는 그에게, 소설 속에 가상으로 만들어놓은 종교를 실제로 믿고 있냐는 질문은 구태여 하지 않았다.

"저는 여느 날처럼 아파트 쓰레기장에 쓰레기를 버리고

돌아오는 길이었습니다. 가득 찬 봉투를 비울 때 느껴지는 해방감에 기분이 좋은 상태였죠. '쓰레기', '심야', '산책' 따위의 단어들을 낯설게 조합하며 무아지경에 흠뻑 빠져있었습니다."

그는 꼭 만화처럼 후후 소리 내며 웃었다.

"집으로 돌아왔더니 집안 공기가 묘하게 바뀌었다는 걸 느꼈습니다. 뭔가가 바뀌어 있었어요. 기분 탓이 아니었습니다. 마침 제 작업실 안에서 인기척이 났거든요. 저는 살짝 열려있는 방문 틈에 귀를 가까이 댔습니다. 누군가의 숨소리와… 신음이 들리더군요!"

그가 '신음'이라는 단어를 크게 내뱉는 바람에 카페 안에 있던 어르신들이 하나둘 힐끗거렸다. 그는 아랑곳하지 않았다. 그저 얼굴이 발갛게 상기된 채 숨을 훅훅 내뱉었다.

"우리 집, 내 방에 낯선 사람이 있다니! 그 사실이 저를 몹시 흥분하게 만들었습니다."

보통은 집에 누군가 침입하면 흥분하는 게 아니라 두려워해야 정상 아닐까. 내 생각을 알 리 없는 그는 마치 그때가 생생히 기억나는 듯 심장을 부여잡고 있었다.

"그 낯선 침입자를 관찰하기 위해 저는 어둠에 기대어 비스듬히 방 안을 엿보았습니다. 거기에 제 소설 『자바섬 사람들』 속 '마법사'라 불리는 남자가 서 있었습니다!"

이메일을 볼 때도 느꼈지만, 그가 말한 일은 있을 수가 없는 일이다. 어떻게 소설 속 인물이 실제로 나타난단 말인가.

"어떻게 그 사람이 소설 속 인물이라고 확신하셨죠? 그러니까, 애초에 그런 일은 일어날 수가 없잖아요."

그는 나의 의심 섞인 반문에 눈을 희번덕 치켜떴다. 그 표정엔 '그런 바보 같은 질문을 다 하냐'라는 뜻이 고스란히 담겨 있었다.

"편집장님. 그의 모든 것은 제가 설계했습니다. 까만 벨벳 재질의 모자, 하지만 중절모보단 챙이 조금 더 작아 눈이 훤히 드러나는 형태죠. 무릎을 덮는 자줏빛깔의 망토와 그 망토를 고정하고 있는 초록색의 나비 모양 브로치. 그 옷차림, 그 실루엣, 그 얼굴과 그 냄새. 모두 제가 오감 가득 상상해서 만들어낸 인물, '마법사' 그 자체인데 어떻게 모를 수가 있겠습니까."

나는 코웃음이 올라오려는 것을 간신히 참았다. 그런 식이라면 누구든 '어제 길에서 유령을 봤다'라고 주장할 수 있지 않은가. 증거라곤 말뿐이었다. 그는 지나친 몰입 때문에 현실과 허구를 혼동하고 있는 게 분명했다. 나는 김범 작가를 흘긋 쳐다보았다. 그는 흥분으로 번들거리는 눈빛으로 나를 쳐다보고 있었다. 눈이 마주치자 기다렸다는 듯 말을 이어갔다.

"저는 어둠을 빌려 그를 관찰했습니다. 마법사는 제 작업실을 찬찬히 살펴보더군요. 책상과 책장, 제 저서들과 사진 등을 말이죠. 도중에 뭐라 중얼거리는 것 같았는데 정확한 단어는 들리지 않았습니다. 저는 고민했습니다. 얼른 다가가서 “내가 너의 창조자다.”라고 밝힐까 아니면 이 관찰의 시간을 만끽할까. 뭐가 됐든 실로 오랜만에 느껴보는 제 심장 박동에 취해 저는 정신을 차릴 수가 없었습니다. 저는 속으로 빌었습니다. ‘제발 이 두근거림이 멎지 않게 해 주소서. 이 순간이 오래 가게 해 주소서!’ 정말 그렇게 기도했습니다.”

그는 고개를 젖히며 눈을 감았다. 마치 그 시간으로 되돌아간 사람처럼 회상의 한가운데에 잠긴 듯했다.

“그 관찰의 감각에 매료되기도 잠시, 문득 이런 생각이 스쳤습니다. 혹시 마법사가 사라져 버리면? 갑자기 나타났으니 갑자기 사라질 수도 있다고 생각했습니다. 불안함이 스멀스멀 올라왔습니다. 이 일생일대의 경험이 이렇게 끝나버릴까 봐 두려웠던 거죠. 저는 조용히 방문을 열었습니다. 방문에서 끼익하는 소리가 나자 마법사는 깜짝 놀라며 저를 향해 고개를 돌렸습니다. 새카만 모자 아래로 그의 눈과 마주쳤을 때, 그의 시선에는 뭐랄까, 어떤 감정이 분명히 서려 있었어요. 그의 입술이 잠깐 열리고 닫혔지만 그는 아무 말이 없었습니다. 저는 한 발짝 다가서며 그에게 조심스레 읊조렸습니다. 내가 너를 만들었다고요. 그러자 그의 표정이 갑자기 일그러지더니 저에게 되묻더군요. 네가 나를 만들었다고? 라고요. 맙소사! 목소리도 제가 상상한 것과 똑같았습니다.”

김범 작가는 목소리 이야기를 할 때 감격에 겨운 듯 테이블을 쾅 하고 내리쳤다. 자세히 보니 왼손을 잘게 떨고 있었다.

"마법사는 본인이 소설 속에서 튀어나왔다는 사실을 잘 인지하지 못하는 것 같았습니다. 그래서 제가 친절히 설명해 주었습니다. 너는 소설 속 인물이고 나는 그걸 쓴 작가라고. 제목과 줄거리까지 친절하게 말해주었습니다. 그는 제 말을 묵묵히 듣고 있었지만, 눈빛만은 금방이라도 저를 죽일 듯한 분노로 가득했습니다. 저는 그 노여움의 이유가 궁금했죠."

"오히려 경이로워야 할 텐데." 하는 그의 중얼거림 뒤로 나는 어제 미리 읽어두었던 『자바섬 사람들』의 줄거리를 떠올렸다.

푸른 바다에 둘러싸인 아름다운 섬, '자바섬'. 그곳의 원주민들은 신을 가까이 두고 살았다. 숲과 바다, 바람 하나에도 신의 숨결이 깃들어 있다고 믿으며 그 질서 안에서 평화를 이어왔다. 하지만 어느 날, 외지인들이 섬에 발을 들이면서 그 균형이 흔들리기 시작했다. 원주민들은 외지인들이 악마를 숭배해 저주를 불러왔다고 여겼고, 그들을 '마법사' 집단이라 부르며 처단하려는 싸움이 벌어졌다. 그 과정에서 원주민들은 신의 목소리를 듣게 되며 신탁을 계기로 마법사들을 몰아내고 섬의 행복을 되찾으며 완벽하게 닫힌 결말로 이야기는 끝이 난다.

나는 짧게 줄거리를 되짚다, 머리에 떠오른 의문 하나를 자연스럽게 물었다.

"당신이 봤다는 그 마법사는, 소설 속 마법사들 중 한

명을 말하는 거죠? 소설 속에서 마법사는 악마를 숭배하는 '집단'이잖아요."

내 질문에 그는 기뻐하며 대답했다.

"제 소설을 읽으셨군요. 맞습니다. 그는 가장 마지막에 붙잡혀 화형으로 마무리된 49번째 마법사이자 제가 가장 애정을 쏟았던… 캐릭터죠."

"위험한 거 아닌가요? 소설 속 줄거리를 말해줬다면서요. 자신의 끔찍한 결말을 들었다면 그 자리에서 복수해도 이상할 게 없어요. 더군다나 당신은 그를 그렇게 만든 작가였으니까요."

"편집장님. 인생의 의미가 어디에 있다고 생각하십니까?"

그는 나에게 뜬금없이 되물었다.

"그거야 사람마다 다르겠죠?"

"바로 그겁니다. 제 삶의 의미는 '경험'에 있습니다. 저는 세상의 모든 자극을 가능한 한 많이, 가능한 한 강하게 느끼고 싶어 하는 사람입니다. 그래야 제가 살아 있다는 걸 실감하거든요. 아무 일도 일어나지 않으면, 마치 제가 존재하지 않는 것처럼 느껴집니다. 그래서 더 강한 자극을 찾아 헤매는 겁니다. 그게 제가 살아 있다는 증거니까요."

김범 작가는 커피로 입술을 한번 축이고는 다시 입을 열었다.

"하지만 현실은 고작 다섯 개의 감각 기관이라는 좁은 틀 안에 저를 가둬두죠. 제 책을 읽으셨다니 설명이 좀 더

쉽겠군요. 자바섬에서는 마법사를 잡아 신에게 바치면 '묘약'을 받을 수 있다는 걸 아시지요? 그 약을 먹으면 오감을 벗어나 새로운 차원, 새로운 감각에 닿을 수 있죠. 제가 그렇게도 갈망하던 바로 그 초월의 경험 말입니다."

'묘약'에 대한 이야기와 함께 그는 자바섬에 대한 설명을 이어가기 시작했다.

"자바섬은 정말 독특한 곳이었습니다. 그곳에서는 아이든 노인이든 모두가 감각을 초월하는 경험을 하거든요. 어떻게 그런 일이 가능하냐고 물어봤습니다. 그들은 신이 주신 능력이라고 대답했습니다. 그 말의 뜻을 저는 한동안 이해하지 못했지만, 어느 사건을 계기로 알게 되었죠. 신의 '묘약'을 먹으면 된다는 것을요."

나는 그의 말에서 묘한 위화감을 느꼈다. 이건 마치…

"잠깐만요. 지금 작가님은 꼭 자바섬에 실제로 계셨던 것처럼 말하고 있거든요?"

그렇다. 어느새 자바섬이 소설 속 배경이 아니라 김범 작가가 직접 다녀온 현실로 바뀌어있었다. 그는 내 질문에 잠시 말하기를 멈추고 손으로 입을 살짝 가렸다. 입이 보이지 않아 웃고 있는 건지 아닌지 알 수가 없었다.

침묵이 한동안 이어지다 이내 그의 대답을 들을 수 있었다.

"맞습니다. 제가 그 자바섬에 있었습니다."

"네? 자바섬은 소설 속에 존재하는 섬 아닌가요?"

"아니요. 자바섬은 실제로 존재하는 곳입니다."

"자바섬 사람들이라는 소설도 경험담이라는 뜻인가요?"

"아니요? 갑자기 무슨 말씀인지."

짧은 대화가 이어질수록 내 머리는 혼란해질 뿐이었다. 김범 작가의 말대로라면 자바섬은 실제로 있는 섬이고 실제로 그는 그 섬에 있었다. 하지만 소설 속 내용은 경험담이 아니라고 한다. 내가 느낀 위화감 또한 그로 인해 혼동되는 시점 때문이었을 것이다. 그의 말 중 어디까지가 진실인 걸까.

나는 슬쩍 그의 눈치를 살폈다. 갑자기 단호해진 그의 대답만큼이나 표정도 굳어있었다. 더 캐물어봤자 어떤 진실에도 닿을 수 없을 것 같았다. 애초에 그가 만났다는 마법사조차 진실이 아닐 테니. 나는 그냥 그의 남은 이야기나 더 들어보기로 했다.

"이야기가 옆으로 샌 것 같네요. 그래서 어떻게 되었죠?"

김범 작가의 표정이 미묘하게 풀린 것을 느꼈다.

"마법사에게 소설 속 인물이라고 알려준 것 그리고 그가 저를 죽일 듯 노려본 것까지 말했죠."

그는 그때 일을 다시 회상하기 위해 미간을 살짝 좁혔다.

"마법사를 저에게 인도한 것은 분명히 자바섬의 신이었을 거라 믿었습니다. 그렇다면 제가 할 일은 명확했습니다. 눈앞에 있는 마법사를 붙잡아 신에게 증명하고 묘약을 받는다. 그리고 초월적 감각을 얻는다. 위험할 수도 있다고 생각했지만 그건 중요하지 않았습니다. 제 존재 이유가 걸린 기로였으니까요. 저를 노려보던 마법사가 저에게 묻더군요."

- 네가 나를 창조했다고 했지?

- 물론이죠.

- 그럼 내가 이제 무슨 짓을 할지도 예측할 수 있겠군.

"어땠을까요? 마법사의 자줏빛 망토 안에서 벌컥 손이 튀어나왔고 그 손에는 작은 칼이 쥐어져 있었어요. 저를 죽이려고 작정한 것처럼 칼을 높이 들고 저에게 뛰어오더군요. 저는 황급히 몸을 돌려 거실로 달려 나갔습니다. 그러고는 자바섬 교리를 새긴 목패를 꺼내 들었죠. 망토를 휘날리며 무섭게 다가오던 그는 잠시 주춤거리더니 잇새로 색색거리는 소리를 냈습니다."

- 그거 저리 치워.

- 역시 당신은 마법사가 맞군요. 이건 악마 같은 마법사들을 퇴치하기 위해 만들어진 자바섬의 성물이거든요.

- 악마는 너희들이지. 너희들이 약을 얻기 위해 한 짓들을 생각해 봐. 죄 없는 외부인들을 잡아서 고문하고 죽인 살인 집단은 너희라고. 마법사? 저주? 악마? 우리는 피해자야. 그 섬 어딘가엔 아직 잡혀 있는 사람들이 많을 거다.

악마라는 프레임으로 말이야. 분명 그렇겠지. 나는 반드시 진실을 밝힐 거다.

"마법사는 저에게 원망을 쏟아냈습니다. 하지만 웃기지 않습니까? 자업자득이라는 단어를 모르는 걸까요? 순수한 땅에 들어가 순수한 이들을 짓밟고 저주를 몰고 온 건 그들인데 어떻게 그렇게 뻔뻔할 수가 있을까요."

"잠깐만요."

나는 또 그의 말에서 부자연스러움을 느꼈다. 김범 작가와 마법사는 서로를 알고 있는 사람처럼 대화하고 있었으니 말이다. 물론 작가는 등장인물을 아는 것이 당연하다. 하지만 소설 속 인물은 소설 바깥의 작가를 알 수 없다. 하지만 마법사는 마치 김범을 전부터 알고 있었던 사람처럼, 심지어 그에게서 상처를 입은 사람처럼 말하고 있었다.

"마법사가 꼭 작가님을 아는 것처럼 말하네요?"

아무렇지 않은 말투로 질문을 던졌다. 수많은 하위 질문들을 내포하고 있었다. 그의 말은 어디까지가 진실인 걸까. 그는 무엇을 숨기고 있는 걸까. 숨기고 싶은 내용이라면 나에게 이런 말들을 왜 굳이 꺼내고 있는 것인가.

내 질문을 듣자마자 그의 표정은 삽시간에 딱딱하게 굳었다.

"저는 결국 그를 …… 수밖에 없었습니다."

"네?"

"죽였다고요. 편집장님! 제가 그를 죽였습니다!"

일반적인 삶을 살았다면 절대 들어볼 일이 없는 문장이 그의 입에서 뱉어졌다. 내가 잘못 들었을 수도 있다. 정신을 차리고 되물었다.

"살인…을 하셨다고 지금 말씀하신 겁니까?"

"살인이요? 아니요? 어차피 그 마법사는 소설 속 인물이지 않습니까? 제 책에서 튀어나온 가상의 인물인데 그게 어째서 살인이 됩니까? 등장인물을 살리고 죽이는 것은 작가의 역량 아니었던가요?"

논리가 들어맞지 않는 그의 대답에 순간 말문이 막혔다. 내가 무언가를 더 물어보려다 입술만 달싹이자, 그는 자리에서 벌떡 일어났다.

"소설에 대한 내용은 여기까지입니다."

어느덧 그의 표정은 초점도 없고 흥미도 떨어진 얼굴로 돌아와 있었다.

"원고를 보내드릴 테니 검토하시고 연락 주십시오."

뜬금없이 끝나버린 그의 이야기에 황당해하고 있는 나에게 그는 마지막으로 한마디를 더 덧붙였다.

"이 책은 분명히 잘 팔릴 겁니다."

그것으로 꺼림칙한 미팅은 끝이 났다. 헤어지기 전 나는 그에게 명함을 하나 줄 수 있냐 물었다. 그는 낡은 가죽 지갑을 꺼내 명함을 하나 건네주고는 한 톨의 미련도 남지 않은 듯 자리를 휙 떠나버렸다.

나는 명함을 살폈다. 까만 종이에 하얀 글자가 박혀있

는 고급지 명함이었다. 뒷면에는 이름과 전화번호, 이메일이 전부였다. 집 주소라도 적혀있을까 싶어 서둘러 받아놓았지만 역시 그런 개인 정보가 명함에 적혀 있을 리는 없었다. 적혀있다 한들 그걸로 내가 할 수 있는 일도 없었다. 경찰에 신고해 '살인 자백을 들었는데요, 그게 소설 속 인물이라네요.'라고 말할 수도 없는 노릇이었다.

사무실로 돌아오는 길 내내, 머릿속에서는 김범 작가의 이야기를 두고 진실 공방이 벌어졌다. 소설 속 등장인물이 나타났다는 말도 안 되는 이야기가 진실일 리는 없다. 하지만 거짓이라면 그는 굳이 그런 거짓말을 왜 했을까. 위화감투성이인 김범과 일을 함께 해도 되는 걸까.

정수리 끝에서부터 두통이 찌르르 치달았다.

그날, 나는 만나본 적도 없는 자줏빛 망토를 둘러멘 마법사가 나오는 악몽을 꿨다.

다음날, 잠을 설친 탓인지 평소보다 조금 늦게 눈을 떴다. 몸이 으슬으슬한 게 꼭 감기 몸살이 올 것 같았다. 피로와 스트레스가 쌓인 데다 사무실에서 웅크린 채 쪽잠을 자는 바람에 마치 온몸의 나사가 조금씩 헐거워진 느낌이었다.

시계를 보니 오전 11시 30분을 막 넘긴 참이었다. 나는 끙끙대며 일어나 컴퓨터를 켰다. 책상 위에는 어제 올려두었던 청구서 뭉치가 그대로 놓여 있었다. 오늘도 우편함에는 돈 달라는 종이가 아우성칠 것이다. 이대로라면 반년 안에 문을 닫을 수밖에 없다. 생활비 대출이라도 받아야 할까. 갑자기 관자놀이가 욱신거렸다. 두통 때문이라고 스스로를 달래 봤지만, 그게 완전한 이유는 아닐 것이다.

나는 이마를 짚으며 메일함을 열었다. 스크롤을 내리며 별다를 것 없는 투고 메일 몇 통을 훑어보았다. 스팸 메일 두 개를 삭제했을 때 전화가 울렸다.

"남희영입니다."

"아, 대표님……."

재택근무 중인 직원이었다. 그는 곤란한 목소리로 일을 그만두겠다고 했다. 무슨 일이 있느냐고 물었더니 실은 다른 대형 출판사에서 러브콜이 왔단다. 어딘지 물었더니 내 발로 걸어 나왔던 그 출판사였다. 더 좋은 곳, 더 많이 주는 곳으로 가겠다는데 붙잡을 구실도 없었다. 직원에게 월급 한번 밀린 적 없었지만 그래도 결국 돈이 문제였겠지. 인수인계할 다른 직원도 없으니 일주일 내로 퇴사 처리 해두겠다 하고 통화를 마무리했다. 머릿속이 죄다 돈으로 뒤덮여버렸다.

쾅.

열 기운이 순간 머리끝까지 치밀어올라 책상을 세게 내리쳤다. 최근에 받은 스트레스가 과했던 건지 이상하게도 감정이 주체되지 않았다.

폭발할 것 같은 감정이 휘몰아치려 할 때 컴퓨터에서 띠링 하며 알림이 울렸다. 확인하니 안 읽은 새 메일이 하나 도착해 있었다. 마침 김범 작가가 원고 파일을 보내온 것이다. 나는 파일을 인쇄하여 원고를 천천히 읽어 내려갔다. 야속하게도 그의 글은, 미팅 때 들었던 내용보다 훨씬 재밌었다. 나는 마른세수를 몇 번이고 했다. 한 손에는 휴대전화를, 다른 한 손에는 김범 작가의 명함을 들고 한참을 고민했다. 분명히 그의 소설은 재밌다. 손익분기점을 가뿐히 넘을 거라는 촉까지 온다. 하지만 말 그대로 찜찜함이 문제다. 차라리 미팅을 하지 않았다면 원고만 보고 쾌재를 불렀을 텐데.

문득 어제 그가 했던 마지막 말이 생각났다.

분명히 잘 팔릴 겁니다.

머리가 갑자기 선명해졌다. 나는 당장 돈이 필요하다. 그러려면 좋은 원고가 필요하다. 이건 일이다. 일로써 증명해야 할 것들이 너무나 많다. 직장을 박차고 나올 때 등 뒤에 박히던 수십 개의 눈초리가 여전히 따갑다.

나는 스마트폰을 들고 그의 전화번호를 쿡쿡 눌러 전화를 걸었다.

달칵.

신호음이 두 번이 채 가기도 전에 그가 전화를 받았다.

"김범입니다."

"아, 안녕하세요. 남희영입니다. 보내주신 원고는 읽어보았습니다. 내부에서 긍정적으로 생각하니 함께 해보시면 좋을 것 같습니다. 네. 네. 알겠습니다. 계약 관련 문서

들은 빠른 시일 내로 보내드리겠습니다."

그 이후로 책을 내는 데까지 아주 순조롭게 흘러갔다. 이메일과 메신저를 통해 소통을 꽤 많이 주고받았다. 하지만 마치 약속이나 한 듯 그날의 대화들, 즉 마법사와 자바섬에 대한 이야기는 서로 일절 꺼내지 않았다. 두 번의 대면 미팅도 했다. 오랜만에 그를 만났을 땐, 처음 본 날보다 한층 더 역한 냄새가 났다. 분명 옷은 새것 같은데. 나는 머릿속에 슬금슬금 올라오는 '설마'를 수면 아래로 내리려 노력했다. 지금 내가 집중해야 할 것은 단 하나, 책을 내고 돈을 버는 거니까.

책이 출간되고, 그의 블로그와 SNS 계정에는 오랜만에 업데이트가 뜨기 시작했다. 김범 작가의 과거 이름값과 독특한 소재에 마케팅 파워가 붙으니 생각보다 빠르게 입소문이 났다. 그가 바빠진다는 건 나의 스케줄도 굉장히 바빠진다는 의미였다. 물이 들어오니 노를 젓기 위해 밤잠 줄이며 해야 할 일들을 처리했다. 출판사 홈페이지도 바꾸었다. 메일함에는 좋은 원고들이 하나둘 쌓이기 시작했다.

나는 그의 안부를 종종 인터뷰 영상으로도 확인할 수 있었다. 인터뷰 영상을 보고 있노라면, 그는 내 생각과 다르게 사회적인 역할을 잘 수행할 줄 아는 인간이었구나 하는 생각이 들었다. 의아한 구석이 사라진 것은 아니었다. 하지만 아무렴 어떤가. 찜찜한 건 단지 내 기분일 뿐이고 때로 기분은 착각을 일으키기도 하니까. 어느새 그의 말도 안 되는 경험담과 살인 고백은 내 머릿속에서 점점 흐릿해지고 있었다.

육 개월 뒤 내 개인 메일함으로 도착한 하나의 메일을 보기 전까지는 말이다.

메일 제목 : 자바섬에서 온 마법사입니다.

나만이 알 수 있는 제목이었다. 아니 내가 아는 한, 세상에서 단 두 명만 알 수 있는 제목. 두 눈을 비비고 재차 확인했지만 잘못 본 게 아니었다. 나는 당장 그 메일을 열어보았다. 장문의 내용이 빽빽하게 적혀있었고 나는 천천히 읽어 내려갔다. 거기에는 내가 계속 궁금해했던, 하지만 물어볼 곳 없었던 자바섬과 마법사에 대한 모든 진위가 적혀있었다.

안녕하세요.

이번에 출간된 신간 『마법사』에 나오는 마법사가 저인 것 같아서 이렇게 메일을 드리게 되었습니다. 물론 정확히는 그 마법사 집단 속 한 사람이라고 말씀드리는 게 맞겠죠.

요즘은 어느 서점엘 가도 베스트셀러 매대에 이 책이 꽂혀 있더군요. 애써 외면해도 이 존재감을 무시할 수가 없을 정도로요. 그때마다 잊었다고 믿었던 기억들이 되살아나서 한동안 힘들었습니다. 저는 '마법사'라는 단어를 보

기만 해도 트라우마에 몸이 굳어버리는 사람입니다. 그 단어는 제게 폭력의 흔적처럼 남아 있거든요.

심리 상담에 그런 것이 있잖아요. 노출 치료. 두려움에 천천히 적응하면서 위험하지 않다는 것을 학습하는 것 말이에요. 책 제목을 자주 접하다 보니 의도치 않게 노출 치료가 되어가고 있었나 봐요. 제가 그 책을 직접 사서 읽게 될 줄은 몰랐으니까요.

마지막 페이지까지 다 보고 나니 마음에 남는 것은 단 하나 '억울함'이었습니다. 모든 내용이 그들의 입장에서만 쓰인 편향된 기록이었거든요. 책에 적힌 마법사에 대한 묘사는 전부 틀렸습니다.

지금부터 제가 할 이야기들은 모두 진실입니다.

우선 자바섬에 대한 이야기부터 해야겠지요. 자바섬은 실존합니다. 그러나 그 어떤 포털 사이트에 검색해도 섬에 대한 정보는 나오지 않을 겁니다. 실제 명칭은 자바섬이 아니니까요. 왜 진짜 이름을 두고 다른 이름으로 부르냐고 물으신다면 정말 별 이유가 없습니다. 진짜 이름은 발음하기가 어렵고 기니까요.

자바섬은 '신의 손끝이 닿은 섬'이라는 전설이 있을 정도로 무척 아름다운 섬입니다. 놀라울 정도로 자연이 잘 보존되어 있고 다수의 원주민이 그들만의 방식으로 살아가고 있죠. 종종 이곳의 정체를 아는 외지인들이 관광이나 탐험 따위를 하기 위해 들어오기도 합니다만 절대 아무나 올 수는 없습니다. 반드시 초대장이 있어야만 하거든요.

초대하는 주체가 누군지는 저도 모릅니다. 확실한 건 혼자 힘으로는 절대 이곳의 존재를 알 수도, 발을 들일 수도 없다는 것입니다.

저는 긴 휴가를 준비하던 중, 이곳을 알게 되었고 우연히도 초대를 받을 수 있게 되었습니다. 운이 좋다고 생각했습니다. 돈이 아무리 많아도 못 오는 곳이니까요. 섬에 도착한 후, 따뜻한 날씨와 천혜의 환경 속에서 꿈같은 시간들을 보냈습니다. 하지만 며칠 후, 동행했던 사람들이 밤마다 한 명씩 없어지더군요. 아마도 '사냥'을 당했을 겁니다. 사냥이란, 자바섬 원주민들이 외부인을 '마법사'라 칭하고 밤에 그들을 죽이거나 납치하는 것을 말합니다. 동행을 찾아다니던 어느 날 밤, 저 또한 그렇게 사냥당했습니다. 며칠 밤을 손발이 묶인 채 어딘가에 감금되어 있었어요. 그곳에는 저 말고도 다수의 사람들이 잡혀있었다는 것은 밤마다 흐느끼는 소리로 알 수 있었습니다. 저도 그들과 마찬가지로 두려움에 기도와 눈물, 후회로 시간을 보냈습니다. 하루는 한 명이 끌려 나가고, 어떤 날은 두세 명이 끌려 나갔습니다. 물론 끌려 나간 이들은 다시 돌아오지 않았어요.

그들이 마법사를 사냥하는 건 단순한 재미가 아니었습니다. 책에서도 나오듯 '묘약'이라는 것 때문이었죠. 섬 곳곳에 숨겨져 있다는 말도 있고 신탁을 받은 사람만 받을 수 있다는 말도 있고 그에 대한 여러 전설이 존재합니다. 확실한 것은 그 섬에 있는 모든 인간은 모두 그걸 탐했다는

겁니다. 그게 어떤 약이냐면 말이죠. 소리를 볼 수 있고 색깔을 들을 수 있습니다. 오감으로는 절대 교차 불가능한 그 감각들을 공감각으로 체험할 수 있다는 겁니다. 수십억의 자산가, 세계적인 예술가, 도피 중인 정치적 사기꾼, 불치병 걸린 환자 등 그 약을 원하는 사람은 세상에 너무나도 많죠. 지금도요.

저는 운이 좋게도 그곳을 빠져나올 수 있었습니다. 어떻게 탈출했는지는 이곳에 다 적을 순 없지만 죽음의 위기를 넘긴 적이 셀 수가 없다는 점 정도는 알려드릴 수 있겠네요.

요즘 같은 초연결 시대에 어떻게 작은 섬 하나가 외부로 드러나지 않을 수 있을까 궁금하시겠죠. 그곳에 간 대부분이 죽었거나 실종되었기 때문입니다. 운이 좋아 생존한 이들은 섬 안에서 일어난 모든 일을 외부로 발설하는 것을 꺼리지요. 저처럼요.

제가 이 메일을 쓴 이유는 말이죠. 오로지 단 하나입니다. 섬 피해자를 위해 도움을 구하고자 하는 바입니다. 잘못된 사실을 바로잡고자 하는 것이죠. 그러니 도와주실 수 있다면 꼭 회신을 부탁드립니다.

그런데요.

마지막으로 몇 가지만 더 물어봐도 될까요?

이 책을 쓴 '김범'이라는 작가는 어떻게 모든 일들을 그토록 자세히 알고 있는 건가요? 마법사도 아니었고 원주민

도 아닐 텐데요.

소설 속에서 마법사를 목격하고 죽였다는 내용은 사실 인가요?

만약 그렇다면 그는, 묘약을 얻었나요?

묘약을 설마 벌써 먹어버린 건 아니겠지요?

혹시 그 작가의 집 주소를 아시나요?

죽으려고 먹는 여자

정인희

주문하신 이베리코 돼지고기가 발송됐습니다.

문자를 본 후 수첩을 꺼내 '98. 스페인산 베요타 등급 이베리코 돼지고기'라는 항목에 줄을 긋고 나갈 준비를 했다. 아직 덜 부풀었어도 이 정도면 먹을 수 있다고 생각해 빵 반죽을 오븐에 넣고 집을 나섰다. 계절에 따라 발효 시간이 다르지만 이젠 모양만으로도 오븐에 넣을지 말지 구분이 되었다. 집에 오면 맛있는 냄새가 나겠지 생각하며 지하철과 버스를 갈아타고 미로 같은 골목을 걸어 간판도 없는 가게로 들어갔다.

"안녕하세요? 허브가 많이 들어간 시즈닝 있어요?"

"돼지고기용이요? 양고기용이요?"

"돼지고기요."

"자주 오시더니 이제 전문가 다 됐네요. 시즈닝은 간을 하는 용도가 아니라 향신료보다 허브를 더 넣는 것이 풍미를 살리죠. 올리브유는 남았어요?"

"스페인산 엑스트라버진오일 주세요."

시간이 한참 지나 배가 고팠지만 집으로 바로 왔다. 물건을 정리하고 프라이팬을 꺼내 올리브유로 마늘 기름을 내고 토마토를 살짝 볶은 후 계란 스크램블과 시금치를 곁들였다. 요즘 즐겨 듣는 첼로 음악을 들으며 나가기 전 만들어둔 사우어도우빵과 천천히 음미하며 먹었다. 이제 어지간한 음식은 레시피를 보지 않아도 뚝딱 만들 수 있는 내가 대견한 듯 먹으면서도 웃음이 났다. 시간이 모든 걸 해결해 준다는 말은 위로할 말이 없을 때 하는 상투적인 표현이라고 생각했는데 겪어보니 사실이었다.

"환자분 눈 떠보세요, 여기가 어딘지 아시겠어요?"

……

"조금만 늦게 발견됐으면 큰일 날 뻔했어요."

……

"상처 치료가 끝나 일반 병실로 옮기겠습니다."

입원실에 온 후에도 나는 말을 하지 않았다. 밥은 굶어 죽지 않을 만큼, 죽으려고 했는데 살기 위해 밥을 먹는 것이 이상하게 느껴져 몇 수저 뜨는 정도였다. 하루에 4~5번 진료를 위해 오는 의사와 간호사 선생님 말고는 말을 거는 사람도 없었다. 연락하면 바로 올 가족과 독립 후 가끔 만나는 친구가 있지만 연락하지 않았다. 한 번씩 오는 출판사 직원이 발견해 주위 사람은 몰랐다. 일한다는 핑계로 연락도 안 해 죽으려고 했는지 모를 것이다. 안부 문자 한 통이면 별일 없는 줄 알 테니 내일이라도 하면 되겠지 생각했다.

등단 후 빨리 먹을 수 있는 음식으로 하루를 길게 살았다. 시리즈로 낸 책이 연달아 히트하면서 하루가 12시간처럼 짧게 느껴져 먹는 시간을 아꼈다. 태어나 처음으로 성공했다는 생각에 지독하게 글을 썼다. 배부르면 글이 안 써져 아침은 거르고 점심은 샌드위치처럼 손에 들고 먹을 수 있는 것으로, 저녁은 즉석밥을 돌려 전날 배달한 남은 음식을 먹고 다시 책상에 앉았다. 글을 써야 잠을 잘 수 있다는 생각에 어떻게든 노트북 앞에 앉아 있었다. 히트곡이 한 곡인 가수처럼 더 이상 베스트셀러가 나오지 않을까 봐 꿈에 나온 내용까지 적었다. 성공하니 없던 루틴도 생겨

원래 작가인 것 같은 착각이 들었다. 그 시간을 잃지 않으려고 산책할 시간에 글 한 줄, 아니 단어 하나라도 적는다면 성공이라며 나를 몰아붙였다. 밥 먹고 산책이라도 하며 생각할 시간을 가졌다면 병원에 올 일은 없었을까 후회했지만 이미 지난 과거다. 글 쓰는 시간은 일이 아닌 내 시간이라고 생각하며 살았는데 오직 나만의 시간이 필요했다는 것을 깨달은 것이 현재일 뿐.

온전히 내 시간을 갖게 되자 간이 덜 돼 심심한 병원 밥맛이 느껴졌다. 점심 먹을 준비를 하고 있는데 새로 온 환자가 병실에 들어왔다. 나는 이제 수저를 들고 몇 입 먹고 있는데 그 환자의 보호자는 빈 그릇을 정리했다. 불과 3~4분 전 식탁에 밥이 놓인 모습을 봤는데 그 사람은 벌써 다 먹은 것 같았다. 할머니 한 분이 벌써 다 먹었냐며 놀라는 소리가 들렸다. 동시에 의사 선생님이 들어와 내게 말을 걸었다.

"오늘 기분은 어때요?"

……

"신경 정신과 박쌤이 환자분이 쓰신 책을 알려줬어요. 환자분이 베스트셀러 작가인 줄 몰랐어요."

……

"작가님 책 중 한 권을 읽고 댓글을 남긴 적이 있어요. 시험 보기 전에 백수였거든요."

의사 선생님은 연예인을 본 것처럼 들떠 보였지만 대답하지 않았다. 환자로 왔으니 위로 겸 더 아는 척할 수 있겠지만 지나친 관심은 부담스러웠다. 책만 잘 팔리는 것에 만족했어야 하는데 인터뷰를 해 얼굴이 알려진 것도 후회됐다. 얼굴이 알려진다거나, 포털 사이트에 이름만 치면 나오는 것을 성공으로 생각한 것이 일을 크게 만들었다. 더군다나 언젠가 다시 글을 쓸지 모르니 대답을 신중히 해야 할 것 같았다.

"빈혈과 골다공증 검사 후 신경정신과에서 진료를 보고 퇴원 여부를 결정하겠습니다."

다행히 의사 선생님은 자기 말만 하고 나가버렸다.

대학 졸업 후 작은 출판사에서 근무했는데 e-book과 오디오북의 등장으로 실직자가 됐다. 한국 작가가 노벨문학상을 수상해 다시 한번 책의 전성기가 오는 듯했지만 책을 내는 사람만 많아졌을 뿐, 읽는 사람은 늘지 않았다. 영화 시장도 위축될 만큼 OTT 산업이 발달해 책은 서점 전시용으로만 출판되고 있을 정도였다. 더군다나 워낙 작은 회사라 시대에 발맞춰 전자책을 낼 형편도 아니고, 인력을 충원한들 큰 회사를 상대하는 것은 쉽지 않다는 결론이 나왔다. 우리 회사만 어려워진 것이 아니었다. 연일 치솟는 물가로 사람들이 취미 생활에 돈을 쓰지 않는 것도 큰 몫을 했다. 나도 좋아하는 가수의 포토앨범조차 사지 않으니 따지고 보면 남의 일도 아니다.

그런데도 6년간 일했지만 전세를 얻기 위해 대출까지 받은 상황이라 하루도 놀 수 없었다. 백수가 된 첫날, 평소처럼 9시에 노트북을 켜 알아야 할 뉴스와 몰라도 될 연예 기사만 주야장천 검색했다. 계획은 계획일 뿐 실천하지 못해 한심하게 느껴지던 날, '백수로 사는 99가지 방법'이라는 유튜브 채널을 개설했고, 99개 중 나머지 1가지를 써 채택되면 출판할 때 공동 저자로 이름을 올리겠다는 공지를 내자 하루 1,000건 이상의 댓글이 달렸다. 그렇게 낸 첫 번째 책이 성공해서 『백수의 99가지 재테크 방법』, 『백수의 99가지 위시 리스트』 등의 '백수 시리즈'를 연달아 내며 베스트셀러 작가가 됐다. 코로나 이후 계속되는 경제 불황과 중동 지역 전쟁으로 정세마저 불안해 청년 백수가 많았던 탓에 인급동하는 기현상이 일어났다. 보기 좋은 포장지로 꾸민 자기 연민을 생각보다 많은 사람들이 공감했다. 문창과를 졸업했는데 책 한 권 쓰지 못하고 출판사에서 근무하는 것이 늘 마음 무거웠는데 드디어 짐을 내려놨다. 작가들의 책을 내는 일만 하다 작가가 되는 경험은 생각보다 짜릿했다. 요즘은 책만 파는 게 아니다. 몇 차례 강연을 돌기도 하고 불황에도 판매 부수가 많다며 뉴스에도 나왔다. 짧은 공중파 출연의 파급력은 대단했다. 처음에는 내용이 신선하다거나 백수로 살아도 기죽지 않고 먹고살 수 있을 것 같다는 긍정적인 댓글이 많았지만 시간이 갈수록 악플이 넘쳤다. 백수를 조장하는 글이다, 백수를 이용해 돈을 벌고 있으니 기만이다 등의 글이 연일 쏟아졌다. 그들의 불만은 글 내용에 그치지 않고, 나에 대한 악플로 번졌다. 그것으로 끝났으면 인기에 따라오는 해프닝 정도로 생각했을 텐데 가족에게까지 악플이 달리기 시작했다. 나야 얼굴이 알려져 그럴 수 있지만 가족에게도 비난의 화살이 겨눠지니 괜한 걱정이 생겨 불안했다. 얼마 전까지 남의 일 같던 안티팬으로 인한 사건을 보며 그런 일이 내게도 일어날 수 있다는 생각에 심장이 두근거렸다. 그러다 애써 괜찮겠지 했던 마음이 동생의 울음으로 무너졌다. 생전 처음 듣는 욕설 댓글을 본 동생은 지금까지 열심히 써온 블로그를 닫았다. 나보다 먼저 블로그를 시작해 독자도 제법 있었지만 더 이상은 안 되겠다며 울었다. 태어나 처음으로 성공한 일이 나와 가족을 불행하게 했다는 죄책감은 불면증과 공황 증세로 이어졌고, 5일간 잠 못 이루던 날 손목을 그었다.

겨우 잊었는데 의사 선생님이 아는 척을 하니 다시 죽고 싶다는 생각이 들었다.

한 치 앞을 모르는 것이 인생이라지만 어제까지 살려

고 애쓰던 내가 죽으려고 했다니 나 자신도 믿지 못할 전개다. 이래서 인생을 소설 같다고 하는 것인가 생각하고 있는데 새로 온 환자가 상담을 위해 병실에서 나갔다. 며칠 동안의 병원 생활에서 알게 된 것은 그녀는 신경성 대식증으로 입원했다는 것이다. 폭식증은 들어본 적이 있지만 대식증은 처음 들어 검색해 보니 폭식증 전 단계의 식이장애였다. 자세한 이유는 알 수 없지만 그의 할머니가 아무리 말려도 계속 먹는 데다 양이 점점 늘어 피자 두 판과 매운 라면을 먹다 식체로 입원했다는 것이다. 가끔 먹방 프로를 보며 저렇게 많이 먹을 수 있구나 생각했는데 입원할 정도로 심각했나 보다. 할머니와 지내는 시간이 많아 엄마는 한참 후 알게 됐는데 딸이 밥 먹는 모습을 보고 많이 놀라신 듯했다. 그런데 많이 먹는다고 하기엔 많이 먹는 사람의 이미지와는 달라 보였다. 그 환자는 키가 크고 환자복도 엣지 있게 소화해 내는, 흔히 말해 비율 좋은 몸매였다. 겉모습만 보면 대식증이 있는 것을 모를 수밖에 없다. 살이 찌지 않았다면 큰 문제가 아니라고 생각했는데 나중에 사람들의 말을 들으니 대식증 환자는 정상 체중을 유지해 겉으로 보면 잘 몰라 늦게 알게 된다고 한다. 먹는 것에 희열을 느끼기 때문에 더 먹으려고 토하니 살이 찌지 않는 게 일반적이라는 것이다. 그 이야기를 듣는데 실제로 보거나, 경험할 수 있다면 최고의 글감이 된다고 생각했다. 그러고 보면 나는 병원에 와서도 일을 하고 있구나 생각하니 이게 병인가 싶었다. 다른 사람의 불행을 소재로 삼는 것을 보며 자본주의에 찌들었다며 미간을 찌푸리던 나였는데 어느새 내가 그러고 있다. 그나저나 그렇게 많이 먹으면 음식 맛이 느껴지나? 나는 일에 대한 강박으로 맛도 모르고 허기를 면하기 위해 먹었는데 저 환자는 너무 많이 먹어 맛을 느끼지 못했던 건 아닐까? 아니 맛을 느끼니 많이 먹은 건가?' 하며 이런저런 생각을 하는 사이 상담을 마친 그녀가 병실에 들어왔다. 그리고는 피곤했는지 물을 먹고 침대에 누워 바로 잠이 들었다.

"천천히 먹어야 배부른 것이 느껴진데."

식사 시간만 되면 그녀의 엄마가 천천히 먹으라며 실랑이를 하는 바람에 소란스러웠다. 그녀는 엄마의 말을 못 들었는지, 들어도 의지대로 안 되는 것인지 빛의 속도로 밥을 먹었다. 가끔 그녀 옆 침대의 방문객이 없는 할머니가 간식을 나눠 주면 부끄러운 듯 인사도 없이 먹었다. 환자의 엄마가 그러지 마시라고 해도 어린 손녀에게 몰래 사탕을 주는 외할머니처럼 이쁘다고 웃으셨다. 5일 정도 지나니 환자가 엄마에게 "물 마시고 싶어."라고 해 목소리를 처음 들었다. 목소리만 들으면 아직도 어린 소녀였다. "응. 지은아." 그녀의 이름도 처음 들었다.

손목 치료는 끝났지만 그간 먹는 게 부실했는지 빈혈과 골다공증 치료로 며칠 더 입원해야 한다는 간호사의 말을 듣고 나는 차라리 마음이 편했다. 집으로 돌아가면 다시 글을 쓸 테고, 그럼 또 악플이 달리겠지 생각하니 심장이 미친 듯이 뛰었다. 아무것도 안 해도 무능하게 느껴지거나 게을러 보이지 않는 병원이 좋았다. 맛있다고 할 순 없지만 규칙적으로 밥도 나오니 마음도 편했다. 언젠가 읽은 소설에서 부모님의 오랜 간병으로 일흔 살이 된 딸이 장례를 치르고 돈이 없어 잘 곳도 있고, 세끼 밥도 먹을 수 있는 감방에 가기 위해 일부러 죄를 지으려고 애쓰지만 그런 노인들이 많아 번번이 실패한다는 내용을 보고 그저 소설이라고 생각했는데 내가 병원에서 안정감을 느끼는 것을 보니 단번에 이해됐다. 오늘은 디저트로 작은 푸딩이 나와 잊고 있던 단맛도 느꼈다. 글 쓸 때는 살찔까 봐 단 것도 안 먹었다. 미인 대회 나갈 것도 아닌데 왜 몸무게에 집착했는지 모르겠다. 연예인이 아니더라도 다이어트나 몸 관리에 진심인 시대이다 보니 살찌는 것이 싫었다. 게을러 보인다는 생각에 운동은 못해도 음식은 신경 썼다. 티비에 한 번 나왔다고 신경 쓰고 있었는지 모르겠다. 하지만 집중하다 보면 금세 피로해지고, 단 것이 필요해 82퍼센트 카카오를 먹으며 그런 기분을 잊곤 했다. 그것으로도 안 되면 무설탕 음료를 마셨다. 이름은 무설탕인데 단맛은 더 한 것 같아 즐겨 마셨다. 그러다 어느새 체력은 약해져 늘 피곤했다. 더군다나 흐름을 놓칠까 봐 외출도 자제했다. 나는 왜 스스로를 힘들게 한 걸까? 성공하면 무엇이 달라지는 걸까? 요즘은 조금 일하고 많이 벌라는 말이 덕담

인데 무식하게 열심히만 살았구나 하는 생각이 들었다. 병원에 오니 아픈 환자는 살고 싶어 힘든 치료를 견디는데 난 소중한 생명을 저버리려고 했다. 그리고 살기 위해 치료를 받고 밥을 먹고 있다. 그나저나 살다 병원이 내 집보다 편하다는 생각을 할지 몰랐다. 나이 드는 것은 이런 것을 알게 되는 것일까?

지은이가 상담을 가자 그녀의 엄마가 힘없이 들어와 빈 침대를 정리했다. 평소에 문병객이 없어 사람만 보면 캐러멜을 주며 대화하고 싶어 하는 옆 침대 할머니가 이때다 싶었는지 말을 걸었다.

"그 집 딸은 많이 먹어 입원한 거유? 나야 늙어 세 숟갈만 먹어도 소화가 안 돼 못 먹지만…. 젊을 때처럼 이것저것 먹을 수 있다면 좋겠는데 요즘은 많이 먹는 것도 병인가? 그래도 보고 있으면 짠해서 마음이 가네. 그나저나 엄마는 왜 밥을 안 먹어요? 통 먹는 모습을 못 봤어."

그러자 다른 아주머니 한 분이 말을 거들었다.

"다 큰 애들 먹지 말라고 해도 요즘은 자기 방에서 배달해 먹으니 말리지도 못해요. 우리 아들도 밥 차려줘도 먹을 게 없다며 치킨을 시키더라고요. 입원하는 동안 계속 아들이 배달한 음식 결제 문자가 오는데 골고루 잘도 시키네요. 양이 느는 것 같아 말리지만 크니 말도 안 들어요. 대학도 안 가고 먹방 유튜버가 되겠다며 저러니 속상해요. 그나저나 언제부터 그랬어요?"

"학교 다닐 때 따돌림을 당해 혼자 지냈나 봐요. 착한 아이라 걱정할까 봐 그랬는지 말을 안 했어요. 집에 오면 잘 지내는 것 같아 그렇게 큰일이 있는지 몰랐어요. 조금 더 빨리 알았으면 뭐라도 했을 텐데 제가 일이 있어 집에 있지도 못하고 어머니가 계신다고 무심했어요. 다 제 탓이에요."

"많이 먹는다는데 살은 안 쪘네요?"

"의사 선생님도 놀라긴 해요. 저번에 검사해 보니 위 모양이 다른 사람과 다르데요. 포만감이 늦게 느껴지나 봐요. 집을 비우는 일이 많으니 지은이 혼자 먹는 날이 많았거든요. 학교 다니는 내내 혼자 먹었을 텐데 집에서도 같이 먹을 사람이 없었네요."

그녀의 엄마는 모든 게 자기 탓인 듯 어두운 얼굴로 대답했다. 굳이 말하지 않아도 엄마가 얼마나 힘들었을지 느껴졌다. 세상의 모든 부모는 자식 일이라면 자기 탓을 하며 죄책감을 느끼니 말이다. 우리 엄마도 내가 아프면 차라리 당신이 아픈 게 낫다며 다 나을 때까지 걱정하셨다. 걱정이 지나쳐 어떨 때는 아파도 말하지 않았다. 나도 학교 다닐 때 친한 친구가 오지 않아 혼자 밥을 먹어야 할 때면 점심을 거르곤 했다. 요즘이야 커서 혼밥이 아무렇지도 않지만 그때는 창피했다. 하지만 집에 가서 엄마가 간식을 주거나, 맛있는 저녁을 해주면 잊을 수 있었다. 집이란 그런 곳이었다. 학교가 끝나면 엄마는 카스텔라나 핫케이크를 구워 주셨다. 동생이랑 서로 하나라도 더 먹으려고 난리였는데 저 아이는 혼자라 그럴 필요가 없겠구나 하는 생각이 들었다. 어릴 때 외동이면 맛있는 걸 빨리 먹지 않아 좋겠다고 생각했는데 외동이 부러운 것만은 아니었다. 치료를 끝낸 지은이가 돌아와 힘없이 자리에 누우니 엄마가 이불을 끌어다 덮어주고 다시 잠이 들었다.

이제 남은 상담을 마치면 퇴원이라 집에 가면 어떻게 지낼지 고민했다. 더 이상 글을 쓰지 말까? 동생이 나 때문에 또 힘들어지면 진짜 못 살 것 같다는 생각이 들었다. 내가 힘든 것보다 동생이 힘든 모습을 보는 것은 견디기 어려웠다. 동생은 블로그를 오래 했으니 이번 참에 잠깐 쉬는 것도 괜찮다며 웃었지만 진심은 아니었다. 혼자 자취하는 동생은 입양한 강아지에 대한 블로그를 썼는데 구독자가 많은 편이었다. 일찍 독립한 동생의 가장 가까운 가족을 오래 기억하고 싶어 시작한 블로그였는데 갑자기 악플이 달리니 힘들었을 것이다. 한번 악플을 단 사람들은 아이디를 바꿔 또다시 찾아왔지만 신고를 해도 악의는 없었다며 선처를 호소해 차마 고소하지 못하고 넘어가면 새로운 악플이 생겼다. 마치 좀비 같았다. 글을 쓰지 않는다면 무엇을 할 수 있을까? 외국에 워홀이라도 갈까? 계획에도 없는 일들이 생겨 갑자기 외국에서 일하겠다는 생각까지 하는 내가 낯설었다. 워홀을 가는 것도 문제다. 한국에 오게 되면 어쩌지? 인생이 계획대로 되지 않는 것을 알면서도 매번 계획을 세웠다. 갑자기 마음이 바빠지니 겨울인데도 손에서 땀이 났다. 이대로 퇴원해도 될지 걱정하는데 잠에서 깬 지은이가 엄마를 불렀다.

"엄마 배고파."

그녀는 그 말을 듣고 잠시 딸의 얼굴을 바라봤다.

"배고파? 뭐 먹고 싶어?"
"햄버거."
"햄버거? … 몇 개? 뭐로 사다 줄까?"
"세 개. 고기 왕창 든 거로. 감자튀김은 안 먹어도 돼."

조금 놀란 기색이었지만 엄마는 병실을 나갔다.

"얼른 사 오라고 해야겠네."

할머니가 한마디 하니 지은이는 옅은 미소를 띠고 다시 자리에 누웠다. 상담이 효과가 있었던 걸까? 초기에 치료를 받으면 빨리 좋아진다던데 진짜 괜찮아진 건가? 정상적으로 먹기 시작하면 지은이도 퇴원하겠지? 그럼 정상적으로 살 수 있겠지? 정상… 정상이 뭐지? 아침에 일어나 세끼 밥을 먹고 밤에 자는 것? 먹고 자는 일이 세상에서 제일 쉬울 것 같지만 살아보니 그렇지 않았다. 대학 다닐 때 배낭여행으로 다녀온 유럽에서 2시간 동안 점심을 먹고, 공원에서 한가롭게 책을 읽는 모습은 내게는 먼 나라 얘기였다. 흔히 먹고살자고 하는 일인데 밥도 제때 못 먹으면 어떡하냐며 안쓰러운 얼굴을 하지만 언제부터인지 제때 밥 먹는 일이 쉽지 않았다. 갑자기 오른 집값으로 내 집 마련은 꿈도 꿀 수 없었다. 지하철을 타면 한강이 보이는 빌라, 카페가 있는 대단지 아파트가 널렸는데 그중에 내 집은 없었다. 대학 입학 선물로 차를 받고, 졸업 선물로 코인을 받는 것은 꿈같은 일이었다. 그런 생은 다음에나 이루게 해 달라며 기도할 뿐이었다. 수명도 더 는다는데 이대로라면 죽기 전까지 일만 해야 할지 모른다. 사는 게 늘 불안했던 나를 위해 할 수 있는 건 다 했다. 하지만 열정과 노력만으로는 얻을 수 없다. 어쩌면 내 노력이 그만큼 미치지 못한 거겠지. 그렇지만 이게 내 최선이면 어떡하지?

"지은아~ 여기 햄버거 사 왔어."

햄버거를 본 지은이가 얼굴을 찡그렸다. 지은이 엄마는 봉투에서 작은 햄버거 하나를 꺼냈다. 세 개를 주문했는데 주니어 와퍼 한 개라니… 차라리 감자튀김만 사 오는 게 나을 뻔했다.

"조금 있으면 저녁 시간이니 한 개만 먹자. 너무 많이 먹으면 또 탈 나."

엄마의 밝은 목소리와 다르게 지은이는 싫다는 말도 없이 다시 침대에 누웠다.

"원하는 거 사다 주지 그랬어요?"

할머니가 답답하다는 듯한 소리를 했다.

"저렇게 먹다가 또 되돌아가면 어떡해요. 이왕 병원에 왔으니 나아서 퇴원해야죠."

매정하게 끊어내는 지은이 엄마 표정을 보니 지은이, 지은이 엄마 둘 다 상담받아야 할 것 같았다. 당장 좋아지는 것을 바라는 것은 욕심이 아닐까? 저 정도만 해도 좋아진 거 아닌가? 걱정하는 마음은 알지만 이제 와 지나친 관심은 지은이도 받아주기 쉽지 않을 것 같았다. 그렇다고 주제넘게 지은이 엄마에게 상담을 권하는 것도 내가 할 일은 아닌 것 같아 그냥 모른 척했다. 지은이 엄마도 내가 왜 여기 있는지 알 텐데 조언 따위는 하지 않는 게 나을 것이다. 지은이는 혼자라는 마음의 허기짐을 채우기 위해 먹었을 것이다. 죽으려고 했던 내가 어떻게 살기 위해 먹은 지은이에게 감히 조언이라는 걸 할 수 있을까. 어쩌면 지은이가 나보다 강한 아이인지 모른다. 난 해결하지 않고 걱정만 하다 죽으면 그만이라고 생각했지만 지은이는 몸으로 표현했으니 말이다. 갑자기 내가 지은이 언니라도 된 기분이었다.

"지은아, 아빠 왔어."

지은이가 입원하는 동안 한 번도 보지 못한 지은이 아빠가 식사 시간에 맞춰 햄버거를 사 왔다. 몇 번 본 게 다지만 지은이 얼굴이 환해지는 것 같았다. 낮에 살짝 나가 통화를 하고 밝은 얼굴로 돌아왔는데 아빠에게 부탁했나 보다. 햄버거를 다 먹은 지은이를 침대에 두고 지은이 엄마와 아빠는 병실을 나갔다.

"지은이, 아빠 오셔서 좋겠네."
"예."

아빠가 사다 준 햄버거가 마음에 들었는지 지은이가 전보다 편한 얼굴로 대답했다. 할머니 손에서 자라서인지 지은이는 캐러멜 할머니 질문에는 대답을 잘했다. 나를 보고는 어색한 눈치였는데 할머니는 친근하게 대했다.

"햄버거 맛있었어? 그나저나 배는 차고?"
"맛있었어요. 혼자 먹을 때는 많이 먹는다는 생각도 안

했고, 병이라고 생각하지도 않았어요. 저는 일부러 토하는 것은 아니라 선생님이 빨리 나을 수 있을 거라고 하셨어요. 엄마가 재작년에 위암 수술을 하셔서 밥을 많이 못 드세요. 제가 어렸을 때 편식이 심해서 밥을 잘 먹으면 엄마가 좋아하셨거든요. 그래서 이제는 혼자도 잘 먹는다고 보여주고 싶었어요. 그런데 엄마는 병원에 계시고, 할머니는 일하셔서 혼자 먹는 일이 많아지니까… 엄마, 아빠도 자주 싸우시고… 무서웠어요."

"아이고, 지은이가 아빠, 엄마 걱정하느라 그랬구나. 요즘도 자주 싸우셔?"

"전보다는 덜 싸우세요."

"그간 지은이 힘들었겠다. 이제 조금 먹어도 괜찮겠어?"

"예, 의사 선생님하고 약속했어요. 골고루 먹지 않아도 좋아하는 것을 먹으면서 계속 줄여보기로요."

"정말 잘됐다. 지은이 이제 아픈 거 다 나았네."

할머니는 의사 선생님처럼 칭찬도 해주고, 격려도 해줬다. 지은이를 보니 지은이네 가족이 마치 삼총사 같다는 생각이 들었다. 부모와 지은이가 모두 동지처럼 느껴졌다. 큰날개제비슴새는 알을 하나만 낳아 키우다 새끼 새의 몸무게가 어른새의 1.5배가 되면 새끼를 두고 날아가고, 홀로 남은 새끼 새는 배고픔으로 둥지를 날아올라 사냥을 시작하며 어른 새가 된다는데 사람은 자식을 놓지 못해 어른

이 되는 기회를 놓치는 것은 아닐까? 가족이라는 이유로 서로를 보호하다 때를 놓쳐 서로를 힘들게 하는 것일지 모른다. 가족은 사랑과 무심 그사이 어딘가가 가장 좋은 거라고 생각했다. 그나저나 며칠 본 게 다인데 지은이 엄마를 오해한 것 같아 미안했다. 입원하는 동안 내 모습을 보며 나도 다른 사람과 다르지 않다는 사실에 놀랐다. 악플 다는 사람들은 다 어딘가 이상하고 꼬인 사람이라고만 생각했는데 겉으로 말만 안 했지 나도 지은이 엄마를 함부로 평가했다는 생각에 마음이 무거웠다.

자고 일어나 퇴원 전 검사를 하러 일어나려는데 편지 봉투가 탁자에 놓여 있었다. 누가 왔다 갔나 싶어 봉투를 열었다.

작가님, 저 지은이예요.

사실 입원하고 얼마 안 돼서 작가님을 알아봤어요.

죄송해요. 제가 '달샤벳'이에요. 제가 남긴 악플도 읽으셨겠죠?

제가 정말 미우시겠지만 제 얘기를 들어주셨으면 해요.

저는 어렸을 때부터 모델이 되고 싶었는데 엄마는 반대하셨어요. 못 먹는 직업이라고요. 아픈 엄마를 속상하게 하고 싶지 않은데 모델은 하고 싶고… 그때 너무 힘들었어요.

그걸 저도 모르게 먹는 거랑 댓글 다는 걸로 풀어버린

것 같아요.

작가님이 악플 때문에 죽으려고 하셨다는 말을 듣고 제가 무슨 짓을 했는지 깨달았어요. 제 현실이 싫어서 뱉은 말들이 누군가를 죽일 수 있다는 생각은 못 했어요.

저처럼 자기 현실이 싫어서 작가님한테 악플을 쓴 사람도 많을 거예요. 그러니까 사실은 자기에게 해야 할 말들을 엄한 곳에 뱉어버린 거죠. 정말 죄송해요. 변명처럼 들리겠지만 너무 답답하고 화는 나는데 저한테서 잘못을 찾고 싶지 않았어요.

상담하면서 그동안 제 처지를 원망하기만 했다는 것을 알게 됐어요. 제가 처한 상황이 너무하다고만 느끼고 막상 제가 할 수 있는 것은 찾아보지 못했어요.

이제 저에게 집중하려고 해요. 다행히 이번 진료 결과 보고 아빠가 응원해 주신다고 하셨고 엄마도 설득해 주신다고 하셨어요. 먹어도 살이 안 찌니 모델을 해도 굶을 일은 없다는데 뭐가 걱정이냐면서요. 퇴원하면 학원에 다닐 생각이에요.

작가님, 다시 책 내고 유튜브 하시면 꼭 연락해 주세요. 제가 1빠로 달려가서 응원글 쓸게요. 파이팅!

생각지도 않은 장소에서 생각지도 않은 편지를 받고 한동안 멍했다. 저렇게 여린 소녀가 악플러였다고? 내가 싫어서가 아니고 자기 현실 때문에 악플을 달았다고? 잔잔한 호수에 심심해서 돌을 던져 개구리를 죽여놓고, "실수!"

라고 말하고 쿨하게 가버리는 사람처럼, 온갖 악담을 써놓고 지난 일이니 다 잊고 힘내라며 '파이팅!'으로 마무리하면 끝인가? 이걸 어떻게 이해해야 하지? 내가 이해해 줘야 할 만큼 그녀의 불행이 내 불행의 이유가 되나? 아무리 자기 불행이 제일 크게 느껴진다고 하지만 이해가 되지 않았다. 아니 이해하고 싶지 않았다. 끝만 좋으면 다 좋다는 말은 이럴 때 쓰나 보다. 세상은 내가 생각한 것보다 훨씬 쉽게 살 수 있는 거였다고 생각하니 헛웃음이 났다. 나만 진지하게 사는 건가 하는 착각마저 들었다.

"안녕하세요!"

……

"오늘 아침부터 추워졌네요. 병실은 춥지 않아요?"

……

"환자복은 편하지만 목이 춥죠. 스카프를 두르면 목감기도 예방할 수 있고, 병원에서 패셔니스타가 될 수도 있어요."

의사 선생님은 자신이 말하고 계면쩍었는지 소리 내 웃었다.

"참, 병원에서 내년 다이어리가 나왔어요. 가죽 표지에, 볼펜도 달려있어서 편해요. 크기도 적당해 작가님 드리려고 한 권 훔쳐 왔어요."

나는 '훔쳐 왔다'는 말에 웃음이 났다. 의사 선생님의 농담은 괜스레 더 웃긴 것 같았다.

"출근하면서 라떼를 한 잔 마셨는데 갑자기 저녁에 만두전골이 먹고 싶어 지더라고요."

……

"환자분은 좋아하는 음식이 있으세요?"

나는 할 말이 있는 듯 의사를 바라봤다.

"비지찌개요."

"아~비지찌개 좋죠. 레시피가 있나요?"

"해보진 않았지만 어릴 적 엄마가 해주신 방법이 있어요. 기름기 없는 잡채용 돼지고기를 큼직하게 자르고, 김치를 넣으셨어요. 국물이 시원해지려면 김칫소는 안 넣어야 한다고 하셨어요. 어느 정도 끓으면 양념을 넣고 마지막에 비지를 넣으셨어요. 참! 먹기 전에 참기름도 두르셨어요. 보글보글 끓는 소리를 들으면서 저녁을 기다린 때가 제일 좋았어요."

"듣기만 해도 군침이 나는데요?"

"맞아요. 수저 가득 돼지고기와 김치, 비지를 떠 한 입 먹으면 밥 생각이 저절로 나요. 저는 밥과 비지찌개, 김만 있으면 두 공기도 먹었어요. 엄마는 비지찌개와 김만 있어도 맛있게 먹는 저를 흐뭇하게 보곤 하셨죠. 요리하는 걸 좋아하셔서 맛있는 것도 많이 해주셨는데 이상하게 몸이 힘들거나 마음이 울적할 때는 비지찌개가 생각나요. 뭐 소울푸드? 그런 건가 봐요."

비지찌개를 먹고 후식으로 사과잼과 크림을 얹은 와플을 먹으면 완벽하다는 이야기를 더 하다 상담을 마쳤다. 내가 먹는 것에 이렇게 신나게 얘기할 수 있다는 것이 신기했다. 상담을 마치니 어릴 때 먹던 음식들이 생각났다. 마침 병실로 돌아가니 점심시간이었다. 오늘은 뭐가 나왔을까 하는 마음으로 연 반찬 그릇에는 엄마가 자주 해주던 숙주나물이 담겨 있었다.

나는 병원 로고가 적힌 다이어리에 '죽기 전에 먹어야 할 음식 99가지'를 적기 시작했다.

붉은 눈동자

황효

아주 어렸을 적, 내 눈가에는 오색 빛이 감돌았다. 보송한 솜털은 각도마다 색을 갈아입으며 빛을 머금었다. 살짝만 몸을 움직여도 솜털이 살랑살랑 흔들렸다. 엄마는 나를 놓칠까 봐 품 안에 꼭 안았고, 처진 눈가에는 언제나 촉촉하게 물기가 맴돌았다.

엄마 품에 안긴 나를 보며, 근처 둥지에서는 "구우우우우울, 구우우우우울." 하고, 어미 비둘기들이 웅성거리는 소리가 들려왔다. 그 알 수 없는 수군거림 속에는 찬란한 내 색에 대한 호기심과 경계심이 뒤섞여 있었다.

언젠가 엄마는 내가 알을 깨고 나오기 전에 둥지 밖으로 떨어진 형제가 있었다고 알려주었다. 매서운 바람이 알을 밖으로 떨어트렸고, 둥지 끄트머리에 간신히 매달린 나만 구할 수 있었다고 한다. 엄마는 안아 보지 못한 새끼를 향한 모성을 나에게 쏟아부었다.

연분홍빛이었던 내 발가락이 점차 짙은 색으로 변해갔고, 근처 둥지 친구들은 하나둘 날갯짓을 시작했다. 처음엔 발끝만 까딱였지만 그다음은 어깨, 그리고 날개 전체가 펼쳐졌다. 어느 날은 하늘로 훌쩍 날아올랐고, 어느 날은 지상으로 유유히 미끄러지며 날아갔다. 저마다 바라보는 곳을 향해 날아올랐다. 마치 세상을 향해 흩어지는 작은 점들 같았다.

"구구, 구구, 구구."

날고 싶은 나는 둥지를 박차고 오르려는 듯 몸을 움찔거렸다. 엄마는 나를 둥지 깊숙이 끌어안으며 '구우우우우구!' 길고 낮은 경고의 울음을 토해냈다.

엄마가 잠시 둥지를 비웠을 때, 나는 몰래 날아보려 시도했다. 작은 날개를 힘껏 펴고 둥지를 벗어나려 몸을 일으켰다. 그러나 아빠가 내 주변을 맴돌고 있었다. 가만히, 말없이.

아빠의 붉은 눈 주위는 유난히 검은 그늘이 져 있었고, 크고 단단한 시선이 나를 꿰뚫었다. 그 붉은 눈매는 늘 뜨거운 무엇인가를 담고 있었으며, 눈가에는 사냥의 피로와 생기 잃은 그림자만이 머물러 있었다. 아빠의 눈빛은 마치 내가 어떤 잔혹한 운명을 향해 날아가는 것을 필사적으로 막는 듯했다. 날개를 조금 펴볼까 하다, 둥지 끄트머리에 올린 발가락을 안쪽으로 거두었다. 왠지 오늘 둥지를 떠나면 안 될 것 같았다. 엄마가 돌아올 때까지는 가만히 있을 수밖에 없었다.

우리 집은 주변에서 주워 온 나뭇가지 몇 개와 비닐 조각, 찢긴 종이, 엄마 아빠의 깃털이 엉겨 붙어 겨우 형태만 갖춘 조그마한 둥지였다. 바람이 지나갈 때마다 흙먼지 냄새가 틈새로 스며들었다. 어설프게 쌓은 나뭇가지가 흐트러지면 엄마는 그사이를 다른 잡동사니로 채우곤 했다.

다른 친구들이 하나둘 둥지를 떠나 스스로 먹이를 찾으러 나갈 때도, 나는 그 자리에 머물렀다. 나도 친구들처럼 멋지게 날아올라 먹이를 찾아내고 싶었다. 몸집이 커진 나를 위해, 핏자국처럼 거뭇하게 굳은 지렁이 조각을 물어오는 아빠의 눈 주위는 갈수록 붉게 물들고 있었다. 비쩍 마른 조각은 위험한 장소에서 가져온 것 같았고, 아빠의 깃털에는 미세한 붉은 흔적과 비릿한 쇳내가 묻어 있었다.

결국 엄마도 아빠를 도와 사냥에 나서야 했다.

엄마가 둥지 끄트머리에 앉아 날갯죽지를 천천히 펴더니, 햇빛에 닿은 깃털을 정리했다. 그것은 비행을 위해 날개를 다듬는 동작이었다. 오늘 엄마의 움직임은 유난히 느렸다. 쭉 펼친 깃의 결을 고르고, 발을 들었다가 내리기를 반복했다. 그러다가 고개를 살짝 숙여 나를 빤히 쳐다봤다. 엄마의 처진 눈매엔 어김없이 촉촉한 물기가 맴돌았다. 나는 엄마의 목덜미에 내 부리를 비비며 물기를 닦으려고 했다. 매일 보는 엄마의 눈이지만 이번만큼은 그 물기가 마르기를 바랐다. 물기가 마르면 엄마가 둥지를 떠나지 않아도 될 것 같았다.

아빠는 둥지 옆에서 기다리고 있었다. 한쪽 발은 발가락을 잃어, 서 있는 모습이 뒤뚱거렸지만, 엄마는 그런 모습이 듬직하다고 했다. 아빠는 언제나 머리를 두리번거리며 다른 곳을 살폈다. 하지만 시선의 끝은 꼭 엄마에게 닿아 있었다. 그걸 아는 엄마는 아빠를 바라보며 아주 짧게, 고개를 끄덕였다.

"구구…."

사냥에 나서는 엄마의 목소리가 떨렸다. 엄마, 아빠가 같이 사냥에 나서는 게 처음이라 불안한 것 같았다.

한 번, 두 번, 세 번. 엄마가 우아하게 날갯짓하고 아빠 곁으로 날아갔다. 둘은 나란히, 마지막인 것처럼 하늘 위로 멀어져 갔다.

나는 둥지에 몸을 웅크렸다. 등 위를 덮어주던 엄마의 온기가 빠르게 식어갔다. 흙먼지 냄새가 더 짙어졌고, 나뭇가지 사이로 차가운 공기가 새어 들어왔다. 해가 저물고 달이 뜨고, 엄마와 아빠가 돌아오지 않았다.

"구구… 구구…."

부리를 벗어나지 못하는 목소리 대신, 내 깃털만이 처량하게 흔들렸다. 며칠 밤낮 둥지에 앉아 울었지만, 내 울음은 그들에게 닿지 않았다. 배고픔과 함께 홀로 남겨졌다는 공포가 둥지를 덮쳤다.

차가운 새벽 공기를 견뎌낸 나는 혹시 엄마나 아빠가 근처에 왔을까 궁금하여 둥지 끝으로 몸을 옮겼다. 헐거워진 둥지에 발톱이 푹 빠졌다. 나는 꽁지를 뒤로 빼며 억지로 발을 빼려 했다. 순간, 중심을 잃으며 발톱이 틈새에서 빠졌고, 그 반동으로 내 몸은 둥지 가장자리로 밀려났다. 떨어지지 않으려고 날개를 푸드덕거렸지만, 한 번도 제대로 펴본 적 없던 날개는 반만 펴졌다. 나는 속절없이 밖으로, 아래로, 미끄러졌다. 깃털 뭉치처럼. 몸이 갑작스럽게 아래로 쏠리자 무서워서 날개를 단단히 오므렸다. 부풀어 오른 뒷깃이 딱딱한 바닥에 부딪쳤다.

얼얼해진 몸을 제대로 가누지 못해 어기적거렸다. 바닥에 널브러진 먼지가 내 깃털의 찬란함을 뒤덮어, 흔하디흔한 더러운 비둘기가 되고 말았다. 나는 깃털 속으로 움츠러든 발을 꺼내 바닥을 디뎠다. 발바닥에 닿은 촉감은 따뜻했던 나무와 확연히 달랐다. 발을 내디딜 때마다 퍼지는 낯선 접촉이 나를 밀어냈다.

그리고 그때, 위에서부터 갑작스럽게 쏟아지는 커다란 그림자와 날카로운 파열음이 쏟아졌다.

"어휴, 저 병균 덩어리. 또 걸어 다니네. 저건 닭둘기야 닭둘기. 하늘로 나는 것도 모를걸."

"저런 새가 무슨 평화의 상징이래? 으… 더러워. 꺼져, 거지새끼야."

차가운 외침이 빠르게 날아와 내게 꽂혔다. 나는 그 소리가 나를 향한 적의임을 알 수 있었다.

소리치는 사람이 없는 곳을 찾아 몸을 옮겨야 했다. 나는 어디로 가야 할지 머리만 길게 뺀 채 좌우로 두리번거렸다. 거대한 돌산 아래, 움직이는 쇳덩이가 적고 빛이 느리게 끔벅이는 곳. 이따금 먹을만한 부스러기가 떨어져 있는 골목 한편으로 들어갔다. 여기라면 잠시 쉴 수 있을 것 같았다.

내 몸이 안 보이게 위치를 옮기던 중, 초록색 그물에 발가락이 걸렸다. 발을 빼려 몸을 비트는 찰나, 빠르게 지나가던 검은색의 굉음 덩어리가 그물 끝자락을 채갔다. 그물이 휙 움직이며 나를 강하게 낚아챘다. 싸늘한 통증이 발톱을 스쳤다. 앞 발가락 두 개가 뜯겨 나갔고 남은 발가락 중 하나는 안으로 말려 들어갔다. 반만 남아 있던 발가락마저 형체를 알 수 없게 되자, 발가락이 하나인 한 발이 되었다. 뒤뚱거리며 걷던 아빠의 모습이 어느새 내 모습이 되었다.

내가 빠르게 피하지 못한 건 오랜 굶주림 때문일 거다. 뭐라도 먹어야 했다. 먹이가 떨어진 곳을 서성였다. 오가는 사람들이 나를 바라볼 때마다, 원래 다른 길을 가는 것처럼 발걸음을 옮겼다. 그래도 내 눈은 먹이를 향해 있어서인지, 그들은 어김없이 괴성을 내질렀다. 무언가를 들고 휘두르며 위협적으로 다가오기도 했다. 나는 그저 버려진 먹이만 쪼려 했을 뿐인데, 어쩔 수 없이 고개를 돌려 다른 먹잇감을 찾아야 했다.

길 건너편에서 지나가던 사람이 자기 입에 넣으려던 먹이를 떨어뜨렸다. 나는 눈을 빛내며 그것을 향해 다가갔다. 한 발로 걷자니 중심을 잃어 몸이 고꾸라질 듯했다. 오른쪽 날개를 펴 중심을 잡았다. 숨이 목까지 차올랐다. 그래도 멈출 수 없었다. 고소한 향이 나는 덩어리를 향해, 한 걸음 한 걸음. 날아가듯 빠르게 몸을 던졌다.

"구구! 내 거야."

어둑해진 하늘에서 떨어지는 물을 피해 구석진 창고 지붕 밑으로 올라왔다. 덩어리를 쪼아 먹으며 멍하니 도시를 내려다봤다. 허기는 가셨지만, 언제 또 귀를 찢는 듯한 고함이 들릴지 몰라 불안했다.

아파트 사이 골목길은 어느새 벚꽃으로 물들어 있었다. 살랑이는 바람 속에서 벚꽃 비가 흩날렸다. 그 사이로 보드라운 날개를 거두며 내려앉는 한 마리가 보였다. 땅에 발을 디디며 "구우구우." 낮게 지저귀는 그녀의 목소리가 내 귀에 꽂혔다. 나는 살며시 그녀를 향해 날아갔다. 꽃잎이 바람에 흩날리며 햇살이 깃털에 부서지고, 온몸이 간질거렸다.

"구우, 구우."

그녀는 벚나무 아래, 핑크빛 햇살을 받으며 쉬고 있었다. 내 울음소리에 그녀가 고개를 들었다. 나는 목과 가슴 깃털을 부풀려 몸집을 키우고, 꼬리를 부채 모양으로 펼쳐 자세를 잡았다. 발톱으로 바닥을 톡톡 디디며 그녀 주변을 조심스레 돌았다. 열정적인 눈빛을 담아, 머리를 앞뒤로 흔들며 그녀를 향해 성큼성큼 다가섰다. 나도 모르게 가슴이 앞으로 나가고 날개뼈가 모이며 그녀를 향해 양 날개가 활짝 펴졌다. 깃털 하나하나가 긴장과 설렘으로 떨렸다. 낮고 굵은 울음소리가 그녀를 위한 멜로디가 되어 터져 나왔다.

그녀는 경계심을 담아 "구우!" 낮게 울부짖었고, 꽁지 빠지게 앞으로 걸어가며 거리를 두려고 했다. 나는 "구우구우…." 구애의 울음을 이어가며 내가 채집해 온 쫄깃한 조각을 건네주었다. 반짝이는 조각이 그녀의 마음을 사로잡을 것 같았다. 다음 날은 바삭한 조각, 폭신한 덩어리, 마른 지렁이 한 줄. 하지만 그녀는 머리를 돌리고, 발톱으로 흙을 톡톡 튕겼다.

어느 날, 구우구우가 걷는 게 힘들어 보였다. 발가락 사이에 끈적한 덫이 붙어 꼼짝 못 하고 있었다. 나는 그녀를 돕기 위해 왔음을 알리고자 몸을 낮춰 천천히 다가갔다. 어찌할 바 모르는 그녀의 발에 조심스레 흙을 덮어가며, 발과 부리로 끈끈한 덫을 떼어내 주었다.

아무 말 없이 나를 바라보던 그녀도, 눈을 천천히 깜박이며 나를 향해 몸을 낮추었다. 구우구우의 빳빳했던 깃털이 느슨해지고 그녀의 부리가 나에게 가까이 다가왔다. 구우구우는 눈을 감고 목을 아래로 떨구며 부리 사이로 "구우… 구우…." 낮은 울음을 길게 내뱉었다. 그녀는 작은 목소리로 전에 함께 날던 비둘기의 이야기를 털어놓았다. 그 새가 먹이를 물어오려다 굉음과 빛을 내는 쇳덩이에 덮쳐진 일, 만신창이가 된 비둘기가 무서워서 다가가지 못했던 공포. 그날 이후 커다란 소리와 무서운 빛은 그녀를 움직일 수 없게 만드는 덫이 되었음을 울음으로 호소했다. 나는 천천히 고개를 숙여 부리를 땅에 댔다. 그녀의 상실감과 공포를 헤아릴 수 없어서, 그저 조용히 그녀의 곁을 지켰다. 오열하던 구우구우가 안정을 되찾고, 더 이상 나에게 경계의 깃털을 세우지 않았다.

"구구. 네가 껌을 떼어줄 때, 네가 떠나간 그 비둘기처럼 느껴졌어."

나는 목을 길게 세우고 날개를 펴서 구우구우의 등을

어루만졌다. 구우구우도 몸을 낮춰 내 옆으로 다가왔다. 당장이라도 함께 붙어 있고 싶었다.

"있잖아, 사실 난 꼬들꼬들한 지렁이를 좋아해. 내가 좋아하는 걸로 가져다주지 그랬어."

그녀는 부리로 내가 가져온 조각을 살짝 쪼아 나에게 밀어내더니, 꼬들꼬들한 지렁이를 쪼는 시늉을 했다. 그러고는 살며시 고개를 돌려 동그랗게 뜬 눈으로 나를 바라보았다. 물기를 머금은 사랑스러운 눈빛에 가슴이 뛰었다. 먹이를 가져다줄 때마다 새초롬한 반응에 좌절했던 지난날의 노력이, 그녀의 수줍은 고백으로 돌아왔다. 살며시 눈을 감은 구우구우는 나에게 목덜미를 내어주었다. 우리의 목덜미가 가까워졌다. 맞닿은 깃털 사이로 따뜻한 체온과 몽롱한 체취가 퍼졌다.

"구구. 네 옆에 있으면 포근해."

"구우 구우, 나도 네 옆에 있으면 편안해져. 너와 함께 먹고, 함께 날아다니고 싶어."

그 말에 그녀가 조용히 미소 지었다. 나는 그녀의 목덜미에 나의 목을 감싸고 날개 펴서 구우구우를 감싸 안았다.

"구우구우. 우리 이곳에 보금자리를 만들지 않을래?"

"구구."

그녀가 짧게 울며 내 목덜미를 부리로 살짝 쓸었다. 승낙이었다.

수많은 벚꽃 잎이 우리 위로 내려앉았다. 우리의 눈빛에 안도감이 스며들며 날개가 포개졌다. 마치 한 마리인 양 서로를 끌어안았다. 그 순간, 도시의 소리가 가라앉았다. 우리의 심장 소리만이 바람 속에 남았다. 구우구우와 함께 있는 이곳이 나를 위협하는 존재에서 완전히 벗어난 안식처처럼 느껴졌다. 오랜만에 눈이 감겼다. 엄마 아빠의 품에 안기던 때처럼 달콤한 단잠이 이어졌다.

나는 구우구우와 함께 도시 위를 날아올랐다. 뒤뚱거리는 발걸음은 더 이상 문제가 아니었다. 그녀와 함께라면 어떤 먹이 사냥도, 어떤 고함도 이겨낼 수 있을 것 같았다.

우리 둥지는 함께 물어다 놓은 나뭇가지, 비닐 조각, 그리고 종잇조각이 대충 엉겨 붙어 있었다. 곳곳에 구우구우와 나의 깃털을 곳곳에 꽂아 우리의 체취와 따뜻한 온기를 가득 품은 보금자리였다. 이따금 비가 내릴 때면 둥지는 물을 먹어 축축해졌고, 거센 바람이 불면 일부분이 사라지기도 했다. 그때마다 우리는 나뭇가지와 깃털을 다시 꽂아 집을 다듬었다.

나는 둥지 옆에 앉아 날개를 정리하다가, 문득 아빠가 떠올랐다. 아빠는 언제나 둥지로 돌아와도 쉬지 못하고 주위를 살폈다. 나는 이제야 아빠가 왜 그런 행동을 했는지 알 것 같았다. 우리의 평온한 휴식을 위해 경계를 놓지 못했던 거였다. 구우구우가 잠든 틈을 타, 둥지 밖 난간에 비친 내 모습을 조심스레 들여다보았다. 내 눈 주위에도 아빠처럼 거뭇한 그늘이 져 있었다. 핏자국처럼 거뭇하게 굳은 지렁이를 물어왔던, 아빠의 눈에 머물던 그림자가 내게 드리워지고 있었다.

둥지 양옆의 기계들은 이따금 불안한 소리를 토해냈다. 시끄럽긴 해도 바람을 막아 주는 것에 만족했고, 다가올 추위를 이겨낼 수 있으리라 믿었다. 우리에게 이곳은 더할 나위 없이 아늑한 곳이었다. 보금자리, 우리의 아기 새를 맞이할 곳. 나는 그 안에서 구우구우의 몸짓과 나의 생존력을 닮은 새 생명을 떠올렸다.

그날 밤, 꿈속에서는 두 개의 먹이가 노란빛으로 환하게 빛났다. 하나는 크고 밝았고, 하나는 빛이 옅어지다 사라져 갔다.

'내가 꼭 안아주면, 다시 두 개의 먹이 모두 두 배로 빛날 거야.'

벚꽃 잎은 점점 초록으로 변해갔고, 봄 햇살은 아늑하게 우리 둥지 위로 내려앉았다. 나는 구우구우와 서로의 온기를 나누었다. 구우구우와 나의 울음소리는 공기를 따라 멜로디가 되어, 도시의 차가운 밤을 재우는 자장가처럼 퍼져나갔다. 우리는 이제 알을 품을 준비를 하고 있었다.

구우구우가 품은 두 개의 작은 알은 마치 우리 둘을 꼭 닮은 희망처럼 고요히 빛났다. 처음 알을 품는 일은 쉽지 않았다. 작은 움직임에도 미세하게 흔들리는 알이 찢어질세라 우리는 둘 중 한 마리가 번갈아 가며 알을 품었다. 낮에는 구우구우가, 밤에는 내가 서로 번갈아 자리를 지켰고, 알의 표면에 먼지라도 닿을까 봐 온 신경이 곤두섰다. 우리의 걱정이 뭉친 듯 하늘에 어두운 구름이 채워졌다. 툭툭 한 방울씩 떨어지던 물방울은 곧 세상 모든 소리를 삼키는 듯한 장벽이 되었다. 거리에 사람들의 모습이 완전히 사라지고, 공기 전체가 날카롭게 찢어지는 듯한 굉음이 되어 검은 하늘을 뒤흔들었다. 빗줄기와 바람이 우리의 보금자리를 온통 휘감았다. 도시의 모든 소리가 비명처럼 변했다.

교대 시간이 다가오자, 구우구우가 피곤한 몸을 일으켜 둥지 밖으로 몸을 옮기려 했다. 구우구우가 발을 떼었을 때, 거센 바람이 몰아쳤다. 둥지 옆에 붙은 기계에서 '철컥' 소리가 나며 둥지 쪽으로 기울었다. 수평 유지를 잃은 둥지가 기울며 충격을 받아 가장자리가 갈라졌다. 두 개의 알이 데굴데굴 서로 반대쪽으로 굴렀다. 나와 가까운 쪽으로 떨어지는 한 알은 내가 몸으로 간신히 받아 내었지만, 구우구우가 발을 뗀 쪽으로 굴러간 한 알은 멈추지 못하고 떨어져 버렸다.

"구구!"

구우구우가 외쳤지만 이미 늦었다. 알 하나가 둥지 아래 바닥에 부딪혀 여린 소리를 내며 부서졌다. '풀썩' 꺼지는 듯한 소리와 함께, 아기새가 되려다 만 우리의 알이 깨져 있었다. 나는 얼어붙었다.

구우구우가 온몸을 떨며 쉿소리를 내뱉었다. 깨진 껍질 조각들이 내 시야에 박혔고, 축축한 알 속의 내용물이 차가운 빗물 같았다. 가슴 한편에서 단단히 뭉친 슬픔이 끓어올랐지만, 구우구우의 고통 앞에서 내 감정을 터뜨릴 자리가 없었다.

내게는 품에 안긴 남은 알과 부리 사이로 울음만 토해내는 구우구우가 있었다. 나는, 나를, 내 슬픔을 잠시 지워야 했다.

"구우구우…."

숨을 욱여넣듯 목소리를 겨우 짰다.

"구구! 구구!"

구우구우가 강하게 부리를 내 쪽으로 찌르듯 들이밀었다. 떨리는 울음이 나를 향했다.

"왜! 왜! 막지 않았어! 뭐 한 거야, 대체 뭐 하고 있었냐고!"

그녀의 눈가가 벌게졌다. 평소엔 조용하던 구우구우가 믿을 수 없을 만큼 격하게 흔들리고 있었다. 구우구우가 날개를 크게 폈고, 목을 위로 세워 화가 난 부리를 내게 들이밀었다. 낮고 거친 울음이 공기를 갈랐다.

"우리… 우리 아가잖아… 왜, 왜 이렇게…."

눈가가 핏발 선 채 나를 노려보던 구우구우는, 날개가 끊어진 듯 주저앉아 울음을 토해냈다. 나는 그저 그 앞에서 있었다. 한쪽 날개로 남은 알을 끌어안고 남은 날개로 구우구우의 등을 쓰다듬었다. 깃털이 축 가라앉고, 심장이 빠르게 흔들렸다. 알이 굴러가던 순간의 바람 소리가 머릿속을 떠나지 않았다. 바람의 방향을 읽지 못한 내 몸이 쓸모없게 느껴졌다. 쳐진 내 눈가에 물기가 고였다. 부리를 꾹 다문 채 채 묵묵히 그녀의 곁을 지켰다. 구우구우는 더 이상 소리치지 못하고 맥이 풀린 듯 주저앉았다.

"내가… 내가 더 오래 품어야 했는데… 조금만 더… 참았더라면…."

그녀의 작은 어깨가 들썩였다.

"구우구우. 그때, 쇳덩이가 우리 쪽으로 넘어질 줄 몰랐잖아…."

"아니야, 구구. 내가 먼저 일어섰어. 네가 바람을 막고 있는 동안, 나는 둥지를 비우려 했어. 너무 지쳤거든."

구우구우는 떨리는 목소리로 고백했다. 부리로 둥지를 콕콕 찌르며 차마 나를 바라보지 못했다. 나는 남은 알을 품은 날개 아래로 구우구우를 끌어당겼다. 묵묵히 그녀의 등이 내 깃털에 닿도록 했다.

"네 탓이 아니야, 구우구우. 우리에게는 남은 아이가 있어."

구우구우는 더 이상 울지 않았다. 그녀의 뻣뻣했던 깃털이 비로소 느슨해졌다.

시간이 흘렀고, 바람이 잦아들었다. 남은 한 개의 알은 우리 품 안에 있었다. 나는 다시 몸을 부풀렸다. 날개로, 등으로 바람을 막아내며 둥지를 감쌌다. 구우구우도 곁에서 따스한 숨결을 불어넣었다. 이 아기새를 지켜내는 것이, 곧 우리가 살아가는 것이었다.

파르르, 알이 몸을 흔들었다. 구우구우는 날개를 살짝 걷어 알의 움직임을 보았다. 나는 긴장된 숨을 삼켰다. 알 표면으로 세상을 처음 두드리는 앙다문 부리의 움직임이 보였다. 아주 작고 여리게 '톡' 소리가 들렸다. 껍질에 잔금이 번져 서서히 쪼개지자, 축축한 솜털과 함께 조그만 머리가 세상에 나왔다.

구우구우는 떨리는 날갯짓으로 새끼를 알에서 꺼냈다.

조심스러운 부리가 새끼의 젖은 솜털을 부드럽게 쪼아 말렸다. 나는 깨진 껍질 조각들을 한쪽으로 치웠다. 금세 굳어 날카로워질 껍질 조각들이 우리 새끼를 다치게 할까 조심스러웠다. 둥지 자리를 다시 정돈해 자리가 따뜻해지도록 깃털과 나뭇잎을 차곡차곡 모았다.

아기 새가 꼬물꼬물 움직이며 작은 날개가 나에게 닿았다. 세상에서 가장 연약한 움직임이 얼어붙었던 내 심장에 깊은 온기로 다가왔다. 아기새의 경이로움 앞에서, 터져 나오는 울음을 억눌렀다. 나는 깃털을 부드럽게 펴 아기와 구우구우 위로 눈 부신 태양을 가려주었다. 한쪽 날개에는 기쁨이, 다른 쪽 날개에는 슬픔이 매달린 듯 마음이 요동쳤다.

새끼의 조그만 부리에 시선이 머물다가 문득 먼저 떠난 알 하나가 떠올랐다. 어미에게 안겨보지도, 이름 한 번 불려보지도 못한 채 사라져 버린 아기 새가.

"구구구. 네 이름은 구구구야."

구우구우가 아가의 이름을 불러주었다. 두 알을 보며, 구구일과 구구이로 이름 짓자던 그녀는 이제 구구구로 아기 새를 불렀다. 구우구우의 눈에는 기쁨과 아픔이 뒤섞여 이슬이 반짝였다. 그녀의 처진 눈가가 더욱 깊게 처져 보였다. 나는 곁에 있는 구구구의 꼬물거림을 가만히 바라보았다.

'내가 이 둘을 지켜야 해.'

하늘이 높아지고 나무색이 변해가고 있었다. 바람은 점점 서늘해졌다. 그런 변화 속에서 나는 하루도 빠짐없이 날았다. 둥지로 돌아올 때면 늘 부리에 뭔가를 물고 있었다. 귀뚜라미, 사마귀, 지렁이, 바삭한 알갱이, 사냥에 노련한 비둘기조차 구하기 힘든 붉고 신선한 먹잇감까지. 내 부리는 그 무게들을 물고 하루도 빠짐없이 도시를 날았다. 배를 채울 수 있는 것이라면 무엇이든 물어왔다. 내 부리는 가족의 하루를 위한 도구가 되었고 두 날개는 가족을 품는 바람막이가 되어야 했다.

둥지 옆 난간에서 비둘기 몇 마리가 부리로 깃을 정리하는 척 수군거렸다. 그중 한 녀석이 "구우구우? 구구! 구구!" 날카로운 울음으로 먹이에 대한 탐욕을 드러냈다. 우리 알이 떨어졌을 때, 근처에서 수군거리던 무리였다. 내가 물어오는 먹이가 탐이 났던지 고개를 좌우로 돌려가며 나에게 접근했다. 뜨거운 분노가 끓어올랐다. 가족을 지키기 위해선 아빠의 붉은 눈이 필요했다. 나는 아빠에게 보았던, 강한 시선을 따라 했다. 눈가에 힘이 들어갔다. 피가 몰리는 듯 후끈 달아올랐다. 어린 나를 얼어붙게 만든 아빠의 눈빛만이 이들을 깔아뭉갤 수 있다는 것을 본능적으로 알 수 있었다.

"구우우우우우!!!"

내 목 주변의 깃털이 부풀어 올랐다. 크게 벌어진 부리에서 분노가 거친 파열음으로 터져 나왔다. 위협적인 날갯짓에 옆 비둘기가 깃을 잡으며 뒤로 움찔 물러섰다.

"구구. 구구구구."

하지만 그 무리는 내 으름장에 물러서지 않았다. 자기네 새끼들도 못 먹어서 칭얼대니까 차마 둥지로 돌아가지 못하고 내 주변을 서성였다. 쭈뼛거리며 한 마리가 내 날개 옆으로 몸을 낮추며 다가왔다. 얼마 전에 나처럼 알을 떨어트린 비둘기였다. 같은 상실을 겪은 녀석을 보자 가슴이 뻐근했다.

"구구. 구구. 구구구구."

나는 눈짓과 고갯짓으로 먹이가 끊이지 않는 장소를 알려 주었다. 어느 언덕배기 위, 사람들이 드나드는 건물 입구로 매일 바삭한 알갱이가 채워지는 곳이었다.

"구우우우우. 구우우우우우우."

기껏 알려줬는데, 내가 알려준 장소가 고양이 돌봄 터에서 마련한 곳임을 알아챈 비둘기들이 괴상한 소리를 냈다.

"구우우우! 구구구구!"

다른 종족 먹이 따위가 무슨 상관이라고, 배가 덜 고픈 비둘기를 향해 큰 울음을 터뜨렸다. 엉터리 새들과 달리, 나는 내 새끼를 먹일 수 있다면 뭐든 물어올 거였다. 그것이 무엇이든.

일그러진 내 모습에 겁먹은 무리가 흩어졌다.

저녁이 되어 둥지로 돌아갔다. 구우구우는 여전히 아기 새 구구구를 품고 있었다. 눈도 못 뜬 구구구는 엄마 깃털 안에서 몸을 웅크리고 있었다. 옆 둥지 새끼들은 벌써 눈을 뜨고 날개깃이 오돌토돌 솟아나 푸덕거리는데, 우리 아기 새는 여전히 작고 여렸다.

"구구, 구구구. 구구구."

구우구우의 처량한 울음소리가 둥지에 감돌았다. 우리 새끼는 천천히 자라고 있다고 믿는 어미의 소리였다. 구우구우는 구구구의 작은 기척에도 자세를 바꾸며 차가운 바람으로부터 보호하려 애썼다. 나는 단단하게 굳어진 시선으로 그녀를 바라보며 둥지 옆에 서 있었다.

도시의 공기는 점점 싸늘해졌다. 구우구우와 나는 서로 몸을 꼭 맞대고 온기를 나누려 애썼지만, 냉기는 좀처럼 사그라지지 않았다. 아무리 깃털을 부풀려 두꺼운 공기층을 만들어도 바람이 뼛속까지 파고들었다. 숨을 들이쉴 때마다 싸늘한 기운이 폐를 스쳤다. 옆에 있는 우리 아기 새는 간신히 고개를 들고, 부리를 쫑긋 세우며 엄마 구우구우 품속에서 떨고 있었다. 추위에 떨고 있는 가족들을 바라보자, 날개가 더욱 무겁게 처졌다. 옆 둥지 비둘기 가족, 그 옆 가족과 함께 몸을 모으기 시작했다. 옥상 한쪽 작은 틈새, 지하철 역사 구석, 도심 다리 밑 그늘진 곳마다 둥지를 틀고 있던 비둘기 가족들이 한곳에 모이게 된 것이다. 서로 몸을 붙이고 깃털을 부풀리며 한데 뭉쳐 체온을 유지하는 것이 우리가 이 추위를 이겨낼 방법이었다.

이 마을에서는 엄마 비둘기들이 아기 새를 번갈아 돌보며 먹이를 챙겼고, 추위에도 날갯짓을 이어갈 수 있는 아빠 비둘기들은 식량을 구해 오느라 분주했다. 어린 아기 새들은 서로를 따라 하고, 생존에 필요한 서툰 걸음마와 날갯짓을 배웠다. 그들은 서로의 온기를 느끼며 함께 부둥켜안았다. 작은 몸짓 하나하나가 종족 보존의 무게를 상기시켰다.

새들이 부리로 먹이를 쪼아 먹고, 조금씩 하늘을 향해 용기를 내는 모습을 보니 내 안에 쌓여 있던 답답함이 사라졌다. 그들의 부드러운 날갯짓이 둥지 곳곳에서 어우러져, 활기찬 일상의 소리를 만들었다. 재잘대는 지저귐이 바람에 실려 어느새 "구구, 구구구구, 구구. 구구." 힘찬 구령으로 바뀌었다.

어느덧 무리의 가장 강한 날갯짓을 가지게 된 나는 늘어난 무리를 바라보았다. 더 풍족한 먹이로 이들을 감싸야 했다.

"먹을 걸 구해 와야 해."

다시 힘차게 날아올랐다. 누군가 바닥에 흘린 바삭한 부스러기를 부리로 조심스레 물었고, 그마저 없으면 잿빛

기둥 아래 노란 봉지를 쪼았다. 먹이를 구하는 일은 하루하루 생존과 직결된 싸움이었다. 시간이 갈수록 더 절박해졌다.

둥지로 돌아가자 구우구우가 조용히 내 날개를 어루만졌다. 나는 슬쩍 그녀의 목덜미에 나의 목을 기대었다. 온기가 전해져 졸음이 몰려왔다. 어느새 고단한 하루가 깊은 어둠 속에 잠겨 있었다.

희미하게 흔들리는 가로등 불빛 아래, 차가운 바람이 골목골목을 가로질러 내 깃털 사이로 스며들었다. 우리 마을을 덮친 독감은 지나갔지만, 여파는 여전히 남아 있었다. 아기 새들은 그 고통 속에서 많이 약해졌고, 그중 몇몇은 세상을 떠났다. 구구구도 약해진 아기 새들 중 하나였다.

나는 둥지에 앉아 구우구우의 품속에서 낑낑거리고 있는 내 새끼, 구구구를 바라보았다. 병이 지나고 나서도 미열이 남아 여전히 힘겨워 보였다. 구구구에게서 잃었던 아기 새의 마지막 모습이 떠올랐다. 며칠 전 물어다 준 말라붙은 알갱이는 녀석의 좁은 소화기관을 통과하지 못하고 그대로 게워졌다. 힘없이 빼끔거리던 새끼의 숨이 점점 가늘어졌다. 구우구우는 구구구를 끌어안고 몸을 웅크리며, 눈가에 맺힌 눈물을 애써 삼키고 있었다. 둥지를 내려다보다가 가슴이 답답했다. 힘없이 낑낑거리는 새끼의 숨소리가 귓가를 맴돌았다. 얼어붙은 세상에 고립된 하찮은 생명들이 견디는 듯 보였다. 이제 막 잠든 구우구우와 가는 숨을 쉬는 구구구를 바라보며 걱정이 밀려왔다.

새벽마다 나는 얼어 죽은 새들을 보곤 했다. 차가운 공기 속에서 무심히 쓰러져 있는 그들의 모습은 나와 구우구우, 그리고 구구구의 미래를 말해주는 것 같았다. 아기 새가 사라질까 두려웠다. 나는 굳어지는 날개를 꿈틀거렸다.

'구구. 움직여야 해.'

어둠이 짙게 드리운 새벽 공기 속으로 날아올라 도시 골목과 골짜기를 지나갔다. 머릿속에 떠오른 먹이 장소들이 내 마음을 붙잡았다. 매일 비린내가 진동하는 건물에 남겨진 먹거리가 남아 있을 것 같았다. 그리고 사람들이 상자 안에 채워 둔 알갱이도 떠올랐다. 가만히 숨을 들이마시고, 부리로 스치는 바람을 느꼈다. 불어오는 바람 속 낮은 온기를 찾아 날개를 펼쳤다. 오늘은 반드시 두툼한 먹이, 기름진 먹이를 찾아와야 했다. 둥지에 물어다 놓았던 마른 지렁이 따위로는 아기 새의 쇠약해진 몸을 일으킬 수 없을 것이다. 붉은색의 도톰한 덩어리가 생각났다.

'그것만이 내 아기를 살린다. 그것만이.'

가족과 이웃의 생명이 내 손끝에 달려 있었다.

나는 붉은 잎의 나무가 많은 곳으로 향했다. 요즘 유난히 사람이 몰리는 곳이었다. 그들이 지나간 자리에 남겨진 먹잇감이 떠올랐다. 기름 냄새 가득한 넓적한 잎, 말랑하고 짭짤한 붉은 덩어리, 달큼한 향이 나는 물렁물렁한 껍질, 구수한 냄새가 나는 갈색 알갱이… 나는 입맛을 다셨다.

하지만 그곳에 다다르기도 전에, 거리의 소음이 날카롭게 내 고막을 찔렀다.

"빠아앙! 빵빵!"

"구우구우, 구구, 구구구!"

쇳덩이가 모두 멈춘 순간, 나는 빠르게 움직여야 할 순간임을 본능적으로 알았다. 한쪽 다리를 절며 종종걸음으로 길을 건넜다. 이미 날개는 얼어붙은 몸의 무게를 감당하지 못했고, 오직 앞으로 나아갈 뿐이었다. 조금만 더 가면 쇳덩이가 없는 땅이 되는데, 발을 삐끗했다. 다리 하나로 중심을 잡아 발돋움해서 날아오르려니 몸이 따라주지 않았다. 온 힘을 다해 빠르게 걸었다. 내 움직임과 다르게 그만 발목이 접히고 말았다.

줄무늬가 그어진 땅 앞에 멈춘 거대한 쇳덩이들이 날카로운 쇳소리를 토해냈다.

"쾅!"

곁을 빠르게 지나던 검은 물체가 나를 들이받았다. 그게 미끄러지며 업혀 있던 사람이 바닥에 떨어졌다. 물체의 등에는 상자가 매달려 있었는데 바닥에 닿으면서 와장창 소리를 내었다. 거기에는 나와 닮았지만, 머리와 발이 불길하게 잘려 나간 모양이 새겨져 있었다. 그것이 무엇인지 생각할 겨를도 없이 내 몸은 가차 없이 땅에 내리 꽂혔다. 몸이 튕겨 나가며 잠시나마 허공을 떠오른 듯했지만, 결국엔 힘없이 바닥에 떨어졌다.

나를 아프게 한 인간이 나를 향해 고함을 질렀다.

"에이! 재수 없게! 더러운 닭둘기 새끼가!"

심지어 내가 꿈틀거리자, 내 목숨을 완전히 끊어 버리겠다는 듯, 들고 있던 무언가로 내리치려 했다.

'안 돼, 내가 죽으면! 누가 우리 아기 새를 지켜! 저것들이 우리 가족을 없애려 들 거야!'

"빵!"

귀를 찢는 날카로운 소리가 퍼졌다. 그것은 구우구우의 마음을 닫게 한 악의 소리이자, 나와 우리 가족을 없애려는 공포의 신호탄이었다. 검은 쇳덩이에 붙은 장식이 햇빛에 번쩍였다. 내 눈을 향해 번진 그 빛에 온몸의 깃털이 곤두섰다. 시력을 잃은 나는 도시에 움츠러든 비둘기가 아니었다. 다시는 가족을 잃지 않으려는 광기에 사로잡힌 맹금이었다.

내 눈은 핏줄이 터지는 고통과 함께 끓어오르는 용암처

럼 뜨거워졌다. 더 이상 내 눈가에 오색찬란한 빛은 없었다. 공포와 분노 속에서 나를 향해 악을 지르는 인간을 바라봤다. 정확히는 그의 목덜미를 보았다. 목청을 따라 부들부들 떨리는 살이 연해 보였다. 깃털 하나 없었고, 그 아래 생명이 강하게 뛰는 것만 같았다. 수많은 날을 굶주림과 추위 속에 보낸 내 눈에는, 그의 살덩이가 내가 물어왔던 어떤 먹이보다도 기름져 보였다.

기회는 한 번뿐이었다. 마지막인 것처럼 하늘 위로 날아올랐다. 내 시선은 오직 그의 목에 향해 있었다. 나는 나의 날개에 구우구우와 구구구, 다른 비둘기들의 굶주림과 생존의 무게를 실어 하강했다.

그의 목에 날카로운 부리가 꽂히는 순간, 뜨거운 것이 터졌다. 내 깃털이 그 열에 젖었다. 흐르는 액체 사이로 살덩이를 도려내고, 꿈틀대는 지렁이를 물어뜯었다. 구우구우가 좋아한다던 지렁이였다. 탱글탱글한 지렁이는 아빠가 물어오던 빼빼 마른 먹이보다 튼실했다.

'오늘은 우리 구구구가 배가 차겠구나. 다른 아기 새들도 배불리 먹겠지? 우리 둥지, 옆 둥지도 함께 먹을 수 있겠다.'

나의 날카로운 부리가 그의 목을 더 깊이 파고들었다. 그의 괴성이 퍼지고, 피와 숨이 뒤섞여 내 눈동자로 튀었다. 그럴수록 나는 그의 목을 향해 부리를 더 깊이 박아 넣었다. 어느덧 괴이한 울부짖음이 멈추자, 세상의 굉음도 함께 멎었다. 조용해진 공기 속에서 고개를 들었다. 벌겋게 물든 내 눈매가 아빠의 붉은 눈매와 닮아 있었다.

실타래

진선이

밤새 내리는 비에 잠을 이루지 못하고 뒤척였다. 일곱 살 무렵부터 이어진 할매와의 인연은 마흔다섯의 세월이 흘렀어도 끊어지지 않았다. 지붕을 두드리는 빗소리가 북치는 소리처럼 들려 잠을 이룰 수가 없었다. 몸은 춥고 떨리는데 손끝에서 열이 났다. 음식 장사는 손맛인데 언제부턴가 음식 맛이 변하고 있었다. 창밖을 보니 어스름하게 해가 떠오르고 있었다. 이불을 털고 일어나 가게로 나왔다. 어제 담은 열무김치가 걱정돼 식당으로 와 김치 뚜껑을 열어 보았다. 밤사이 김치가 또 쉬었다. 뚜껑을 열자마자 코를 찌르는 신 냄새가 올라왔다. 소금 간도 적당했고, 새우젓으로 담아 감칠맛 있게 담가졌다. 그런데 날도 춥고

비가 오는 날, 밤새 이렇게 변한 걸 보니 화가 머리끝까지 났다. 음식 장사를 시작하고 10년 만에 있는 일이었다.

10년 전 남편을 교통사고로 잃고 아이 셋을 키우기 위해 식당을 시작했다. 밑천 없고 인맥 없는 사람이 할 수 있는 일은 몸으로 먹고사는 일이었다. 부모에게 물려받은 것 중 가장 쓸만한 건 손맛이었다. 손맛 하나로 장사를 시작해 김치 맛 하나는 누구에게도 뒤지지 않는 솜씨를 낼 수 있었다. 주메뉴에 김치가 맛있어 오히려 보리밥, 칼국수, 수제비가 곁들여지는 격이었는데 김치가 자꾸 말썽을 부렸다. 맛이 변화면 음식 장사는 끝이었다. 김치뿐만이 아니라 밑반찬 맛까지 달라지기 시작했다. 김치가 시어지고 반찬 맛이 변해 처음엔 냉장고가 고장 난 줄 알았다. 냉장고는 멀쩡했다. 문제는 냉장고가 아니었다. 할매가 꿈에 나타난 이후부터 손맛이 달라지기 시작했다.

울화통이 물 끓듯 부글부글 올라와 하늘에 대고 속에 있는 말을 지껄였다.

"망할 놈의 할매. 인생에 도움이 되긴커녕 방해만 돼. 어디 누가 이기나 한번 해 보자고. 그런다고 내가 끄덕이나 할 것 같아. 할매 말을 들을 거였으면 일곱 살에 들었지. 지금까지 내가 어떻게 버텼는데. 이제 와서 내 맘이 돌아설 것 같데. 이 망할 할매야." 일곱 살 나이에 엄마를 잃고도 꿋꿋하게 살아남았다. 하늘이 두 쪽 나지 않는 이상 마음이 변할 리 만무했다.

나는 일곱 살에 심한 열병을 앓았고, 사흘 동안 열이 떨어지지 않았다. 이름만 대면 알만한 유명 의사를 찾아가도 병명을 알 수 없었다. 엄마는 지푸라기라도 잡는 심정으로 용하다는 무당을 찾아갔다. 무당은 엄마에게 딸이 신병을 앓고 있으니 내림굿을 해야 한다고 했다. 엄마는 무당을 보고 길길이 날뛰었다.

"용하다고 해서 왔더니 어디다 감히 손을 데는 거야. 손 떼지 못할까." 지금까지 한 번도 보지 못한 엄마의 눈빛이었다. 섬뜩하게 다가왔다. 엄마의 눈빛을 본 무당은 겁에 질려 한 걸음 물러서며 엄마에게 머리를 조아렸다. 엄마의 그런 모습은 처음이었다.

"다시 한번 그럴 말을 지껄였다가는 너를 가만두지 않겠다. 앞으로 입조심해." 엄마는 무당을 혼쭐 내고 나왔다. 엄마는 내 손을 잡고 걸어오는 내내 흐느껴 울었다. 나는 엄마를 울게 만든 나쁜 딸이었다. 엄마의 아픔을 달랠 수만 있다면 뭐든 할 수 있을 것 같았다. 무당집을 다녀온 후 증세는 더 심해졌다. 밥을 먹어도 토하고 물조차 목구멍으로 넘길 수 없었다. 식은땀을 흘리고 끙끙 앓다 잠이 들었다.

눈을 떴을 때 평소보다 몸이 가볍고 편안했다. 언제 아팠냐는 듯이 병이 씻은 듯 나았다. 엄마는 밤새 땀으로 범

벅된 몸을 수건으로 닦으며 미소를 지어 보였다. 왼팔을 뻗어 엄마의 뺨을 만지려고 손을 들었는데 팔에 붉은 실로 짠 팔찌가 채워져 있었다. 이건 엄마가 소중히 여기는 팔찌였다. 그 팔찌가 내 손목에 채워져 있는 게 이상했다. 엄마는 내 머리를 쓰다듬으며 말했다.

"정민아, 이제 괜찮을 거다. 이 팔찌가 널 지켜 줄 거야. 언제나 몸에 잘 지니고 다니거라."

"이거 엄마 팔찌잖아?"

"이제부터 내 것이다. 어떤 일이 있어도 빼면 안 된다. 엄마랑 약속할 수 있지?"

"응."

엄마의 팔찌 덕분인지 그 후로 열병은 사라졌다. 그런데 팔찌를 찬 후 이상한 일이 벌어졌다. 꿈에 머리가 하얀 백발 할매가 자꾸 나타나 나를 보고 웃었다. 괜스레 기분이 나빴다. 심통 난 마음을 드러내며 대들 듯 따져 물었다.

"왜 기분 나쁘게 웃어요?"

할매는 내가 귀여운지 웃기만 하고 아무 말도 하지 않았다. 백발노인이 썩 마음에 드는 건 아니었지만, 나쁜 할매 같진 않았다. 그렇게 한동안 내 기억 속에서 할매는 사라졌다. 나는 건강해지고 반대로 엄마는 시름시름 앓았다. 아무래도 엄마가 나에게 준 팔찌 때문인가 싶어 엄마에게 다시 채워 주려고 하자 엄마는 나를 크게 꾸짖으며 안 된다고 했다. 엄마에게 혼나고 옷장에 들어가 두 팔로 목을 감싼 채 몸을 웅크려 울고 있었다. 그때 누군가 내 머리를 만지는 느낌이 들어 고개를 들었다. 눈앞에 할매가 서 있었다. 걱정 어린 눈빛으로 날 하염없이 바라보다 사라졌다. 다음 날 엄마는 나를 혼자 남겨 두고 하늘의 별이 되었다. 상상하지 못한 일이 벌어지면 어이가 없듯 엄마의 죽음이 그랬다. 엄마의 손길이 한참 필요한 나이였기에 소중한 사람을 잃은 슬픔보다 나를 두고 간 엄마에 대한 미운 마음이 더 컸다. 그래도 엄마가 보고 싶은 건 어쩔 수 없었다. 엄마와 함께 갔던 놀이터, 시장, 둘이 둘러앉아 먹던 밥상만 봐도 눈물이 났다. 엄마가 남긴 붉은 팔찌를 만지면 보고 싶은 마음이 간절해졌다. 울음을 터뜨릴 때마다 할매가 나타나 늘 똑같은 말을 했다.

"내 딸아, 울지 말거라."

"내가 왜 할매 딸인데. 난 할매 딸 아니거든."

할매와 만나기만 하면 티격태격 싸웠다. 억울한 마음을 토해내며 화풀이했다. 일방적으로 내가 더 투덜거렸지만, 할매는 다 받아 주었다. 그런 내가 싫어 난 울지 않기로 결심했다. 울면 또 할매가 나타나니 눈물을 참기로 했다.

김치가 시어 고꾸라져도 울 수 없었다. 속이 답답하고 쉰내가 진동해 가게 문을 열어 환기시켰다. 스산한 늦가을 바람이 가게로 들어오면서 내 몸을 스치고 지나갔다. 순간 정신이 몽롱해 오며 등골이 오싹해지는 걸 느꼈다. 갑자기 할매 얼굴이 눈앞에 나타났다. 오늘은 울지 않았는데 할매가 나타난 걸 보니 무슨 일이 벌어질 것 같은 예감이 들었다. 별일이 일어나지 않기를 간절히 기도했다.

"내 딸, 그동안 잘 있었느냐?"

"나, 오늘 울지 않았는데, 왜 나타났어?"

"오랜만에 내 딸 얼굴 보고 싶어서 왔지."

"내가 왜 할매 딸인데. 딸 아니라고 했죠, 할매가 아무리 말해도 딸 할 생각 없어."

"어허, 버르장머리 없는 말버릇은 여전하구나. 사람 안 변한다고 하더니 성질 죽지 않았네. 그런 기세등등한 네가 좋아 널 내 딸로 삼았지. 네가 날 받아주지 않아서 그렇지 넌 언제나 내 딸이었다."

"난 할매를 가족으로 둔 적 없어." 말은 쌀쌀맞게 했지만, 가슴이 쿵 내려앉았다.

"네가 암만 서운한 말로 나를 떼어내려 해도, 난 네 옆을 떠날 수가 없다. 너와의 끈은 네 할머니로부터 내려와 질긴 끈으로 엮어져 있어 끊으려고 해도 끊을 수 없는 끈이다. 그건 너도 알고 있잖니?"

"난 몰라, 모른다고. 왜 자꾸 나를 괴롭혀."

"정녕, 네가 나와 함께한 세월이 삼십팔 년이니 모를 리는 없을 테고. 왜 자꾸 나를 거부하느냐, 진짜 내 딸로 살기 싫어 그런 것이냐? 난 네 엄마와의 약속을 지켰단 말이다."

"엄마와의 약속이라고. 그게 뭔 데. 내가 모르는 비밀이 있지? 빨리 말해 줘."

"아……니다. 내가 나이를 먹더니 노망했나 보다. 비밀 같은 건 없다."

"그럴 리 없어. 날 속이려 하지 마. 엄마가 그렇게 허망하게 갈 리가 없어. 그리고 내 손맛이 이렇게 변할 리 없단 말이야. 이건 분명 이유가 있으니까 그런 거라고. 망할 할매야, 빨리 말해 말하라고. 할매가 엄마 데려갔지? 할매 진짜 나빠."

"그건 내가 데려간 게 아니야. 네 엄마의 운명이 거기까지였던 게지."

"거짓말, 이십 년 전에도 나타나 시집가지 말라며 방해했잖아."

"그땐 진짜 너를 위해 할 일이었다. 너의 울음소리가 내 귀에 들렸거든. 네 앞날이 훤히 보였다. 어떤 삶을 살든 그건 너의 선택이지만 이왕이면 험하고 힘들게 돌아가는 길을 선택하지 않기를 바라서 그랬지."

"힘들게 돌아가는 길을 살지 않았으면 했다고. 거짓말하지 마. 엄마가 죽으면서 내 삶은 실타래 꼬이듯 꼬였으니까. 얘들 아빠도 할매가 데려간 것 맞지?"

"무슨 그런 큰일 날 소리를 하느냐. 난 사람 목숨 갖고 장난치지 않아. 사람은 다 제 운명대로 사는 거다."

"웃기시네. 장난치지 않는다고. 할매 지금 나한테 장난치고 있잖아. 손끝에서 열이 나는 건 그건 뭔 데. 어릴 때 앓았던 열병이 이제 손끝으로 왔나. 이게 장난이 아니면 뭐냐고 뭔데?"

화가 머리끝까지 올라와 발을 동동 구르고 목에 핏대를 세워 악다구니를 썼다. 이미 정신은 다른 세계에 가 있었다.

“미선 엄마야, 너 왜 그러는데. 정신 차리 거래. 미선 엄마야.”

누군가 내 양어깨를 잡고 흔들었다. 흐트러졌던 정신이 돌아오고 있었다. 옆집 복순가게 언니가 와서 날 잡고 있었다.

“미선 엄마, 무슨 일 있는가?” 복순 언니가 놀란 얼굴로 날 쳐다보며 물었다. 복순 언니 얼굴을 보니 나갔던 정신이 들었다.

“언니, 별일 아니에요. 어제 담은 김치가 또 시어져 화가 나서 그랬네요.”

“에구, 속상하건 네. 미선 엄마 김치 맛은 이 상가에서 따라올 사람이 없는데. 그나저나 왜 그런데. 한두 번도 아니고. 경기가 안 좋아 장사도 신통치 않은데. 큰일이네.”

“죽기야 하겠어요. 차 한잔하고 가세요.”

“아니야, 나도 가서 가게 문 열어야지. 사는 게 쉽지 않아. 우리 오늘도 열심히 손 굴려 보자고.”

복순 언니가 나타나자 할매는 사라지고 없었다. 내 눈에만 보이는 할매의 존재를 어떻게 말해야 할까. ‘귀신 들린 여편네라고 동네에 소문이 자자하겠지.’ 할매는 왜 자기를 받아들이지 않냐며 물었다. 평범한 사람과 다른 삶을 산다는 것은 사람의 이목이 주목되면서 입방아에 오르내리는 거다. 바로 이런 게 싫어 그렇다. 나만 안고 가면 될 일을 자식새끼들까지 손가락질받게 할 수 없었다. 난 엄마니까 자식을 지켜야 했다. 그렇지 않아도 아비 없는 자식이라는 말 듣고 사는데 거기에다 어미까지 귀신을 본다면……, 나라도 싫을 것 같았다. 할매가 말한 험난한 길이라는 게 이런 거였을까. 혼자 짊어지기에는 버거운 삶이었다. 문득 힘들었을 엄마가 생각났다. 그래서 결혼을 반대하고 나섰던 걸까. 엄마의 피는 내 몸에 흘렀고 내 피는 자식들에게 흐르고 있었다. 한 방울의 피는 몸과 몸으로 이어져 흐르고 흘렀다. 자식이 있는 부모는 언제나 행동거지가 조심스럽다. 하나의 신경에서 백만 개의 신경까지 모든 게 자식을 향해 있었다. 어디서부터 무엇을 어떻게 풀어야 할지 난감했다. 실이 얽히고설키면 풀거나 잘라내야 하는데, 어디가 시작이고 어디가 끝인지 알 수 없었다.

점심때가 다 되어가는데 손님은 코빼기도 보이지 않았다. 김치가 이미 시어졌으니 점심 장사는 끝난 셈이나 다름없었다. 입맛도 없고 기운도 없었다. 그렇다고 넋 놓고 있으니 머릿속이 시끌벅적 온갖 잡생각이 나서 마음이 뒤숭숭해졌다. 시간을 보내기에는 뜨개질만 한 게 없었다. 마침, 둘째 딸 미선이가 빨간색 목도리를 떠 달라고 해서 어제부터 뜨기 시작했다. 하필 많고 많은 색깔 중 빨간색으로 목도리를 떠달라고 했는지 잠시 생각에 잠겼다. 빨간색은 미선에게 잘 어울리는 색이기도 했다. 그러고 보니 내 손에 차고 있는 팔찌도 붉은 색실로 짜여 있었다. 동양에서 붉은색은 오래전부터 벽사의 색으로 여겼다. 벽사(僻邪)란 간사한 것을 피하고 물리친다는 의미를 담고 있다. 붉은색은 악한 기운을 몰아내고 생명을 지켜주는 색으로 여겼다. 이상하게 뜨개질하고 있으면 손끝에서 열이 나지 않았다. 목도리 길이가 제법 길어져 목을 두 바퀴 돌리고 남을 정도의 길이가 되었다. 이제 마무리해 끝부분에 술만 달면 끝났다. 학교에 갔던 미선이가 가게 문을 열고 들어왔다.

"엄마, 학교 갔다 왔어."

"날씨가 싸늘하다. 어서 오거라."

"엄마, 목도리 다 되어가네."

"그래, 조금만 더 하면 마무리가 될 것 같구나."

"엄마, 사실은 엄마한테 할 말이 있어 가게에 들렀어."

순간 가슴이 철렁하고 내려앉았다. 할매가 나타난 게 그냥 나타난 것이 아니라는 생각이 들었다. 뜨개질을 멈추고 미선의 얼굴을 바라봤다.

"무슨 일이야. 어서 말해 봐."

미선은 말하기를 주저하다가 입을 열었다.

"엄마, 요즘 잠을 자면 검은 옷 입은 사람이 자꾸 나타나. 처음에는 내 방에 와서 가만히 쳐다보고만 있었다. 그러다 어느 날부터 나에게 말을 거는 거야."

"그래서 검은 옷 입은 사람과 말했어?"

"아니, 무서워 그냥 고개 숙이고 웅크리고 있었어. 그런데 자꾸 자기를 따라오라고 하는 거야. 따라가기 싫다고 소리를 지르고 놀라서 잠에서 깨어나면 한참 동안 무서워 잠을 잘 수가 없어."

"언제부터 그랬는데. 왜 이제야 말하는 건데."

"엄마가 걱정할까 봐……. 그런데 정말 이상한 일이 있어. 검은 옷 입은 사람을 따라가려고 하면 어디선가 방울 소리가 들려. 방울 소리가 울리면 검은 옷 입은 사람들이 사라져. 엄마, 이상하지. 그 방울 소리는 뭘까?"

"미선아, 절대 검은 옷을 입은 사람을 따라가면 안 돼. 말해서도 안 돼. 알았지? 오늘부터 넌 엄마 옆에서 자거라. 다른 특별한 일은 없었어?"

"응, 없었어."

"그래. 배고프면 밥 먹고 집으로 올라갈래?"

"아니, 난 괜찮아. 조금 있다가 언니랑 동생 오면 같이 먹을게."

미선은 자식 중 아픈 손가락이었다. 둘째로 태어나 사랑을 많이 받지 못했다. 나는 먹고사는 일에 매달리다 보니 아이들 돌볼 시간이 많지 않았다. 큰애는 맏이라고 사랑받고, 막둥이는 남편 잃고 난 자식이라 손자 겸 아들로 여겼다. 집에 유일한 남자라고 할머니가 오냐오냐 떠받들며 키웠다. 둘째는 가운데 끼어 찌그러진 양은 냄비처럼 이리 치이고 저리 치이며 기 한번 못 피고 자랐다. 그럼에도 성격이 밝고 웃음이 많아 오히려 집안보다는 동네 사람들의 사랑을 더 받으며 자랐다. 첫째와 막내는 아빠를 많이 닮았고 셋 중 둘째가 제일 나를 많이 닮아 항상 신경이 쓰이는 아이였다. 오늘 같은 일이 일어날까 봐 항상 불안하고 두려웠다. 나를 닮지 않기를 바랐다. 미선이 말한 방울 소리는 할매가 흔드는 게 분명했다. 할매는 허리춤에 방울을 달고 있었다.

'망할 할망구 나를 방해만 하는 줄 알았는데 도움이 될 때도 있다니.'

그동안 미워해 죄송한 마음이 들었지만 부르고 싶은 마음은 들지 않았다. 뜨던 목도리를 마무리하고 미선이 좋아하는 걸 만들어주고 싶었다. 냉장고를 열어보니 시금치, 당근, 양파, 콩나물이 있었다. 당면을 삶아 미선이 좋아하는 콩나물잡채를 만들었다. 잡채는 다른 때보다 유독 맛있게 만들어졌다. 잡채를 만들어 노란 접시에 담아 3층 집으로 올라갔다. 집에 가족은 미선이밖에 없는데 어디선가 말하는 소리가 들렸다. 미선이 방에서 나는 소리였다. 나는 뛰어 들어가 힘껏 방문을 열었다. 달려가 보니 미선이 땀에 젖은 채 몸을 웅크리고 있었다. 얼굴은 창백했고, 입술이 파르르 떨리고 있었다. 눈은 겁에 놀라 검은 눈동자가 흔들리고 있었다.

"미선아, 괜찮니? 엄마야."

"엄마 …… 까만 옷 입은 사람이 저기 벽에 서 있어. 엄마 보이지?" 미선이 가리키는 벽을 보았지만 내 눈에는 보이지 않았다.

"미선아, 정신 차려. 엄마야 그리고 저 벽에는 아무것도 없어." 나는 떨고 있는 미선을 부둥켜안았다.

"아니야, 아직도 저기 서 있어. 무서워. 엄마 나 죽기 싫어. 따라가기 싫어 날 살려줘."

"넌 죽지 않아. 엄마가 널 지켜 줄게."

"엄마, 검은 옷이 점점 나에게 다가와. 무서워. 저 검은 옷 입은 사람 좀 쫓아 줘. 빨리."

온몸에 전율이 일어나며 피가 거꾸로 솟았다. 두려움에 떨고 있는 미선에게 아무것도 할 수 없는 나의 무력함에 분노가 치밀어 올라왔다.

"내가 뭘 그렇게 잘못했는데. 왜 자꾸 나에게 이러는 거냐고. 잘못한 게 있다면 내가 벌받을게. 내 딸은 살려줘." 무서움에 떨고 있는 미선을 안고 소리쳤다. 순간 할매가 떠올랐다. 이때만큼 할매가 간절할 때가 없었다. 나도 모르게 입에서 튀어나왔다.

"할매, 할매요. 제발 도와줘. 이제부터 할매가 하라고 것 뭐든지 다 할 게." 그때였다. 어디선가 짤랑짤랑 방울 소리가 들렸다. 흰옷을 입은 할매가 오른손에는 방울을 왼손에는 내가 뜬 미선의 빨간 목도리가 들려 있었다. 방울을 세차게 세 번 흔들었다. 그리고 부들부들 떨고 있는 미선에게 가서 목에 목도리를 감아주고 머리를 쓰다듬었다. 그 모습을 보니 일곱 살 때 내 손을 잡고 울던 엄마가 생각이나 나도 모르게 엎드려 큰소리 내며 엉엉 울었다. 그때의 엄마도 나처럼 간절했겠구나! 온몸에 있는 피가 눈물로 흘러나오는 듯했다. 눈물은 그칠 줄 모르고 하염없이 흘러내렸다. 소중한 걸 지킨다는 것은 내 안에 있는 모든 힘을 다 꺼내 사랑하는 것을 부여잡는 거라는 걸 엄마와 미선을 통해 깨달았다.

"네가 나를 부를 때가 있구나. 잘 불렀다. 난 너를 지키는 할매니 당연히 네 새끼도 지켜줘야지."

목이 메어 목소리가 나오지 않았다. 남은 힘을 쥐어짜 할매에게 말하고 싶었다.

"할……매…… 고……마……워."

"이제 미선이는 괜찮을 거다. 너는 괜찮냐?" 나는 고개를 끄덕였다.

"고마우면 날 위해 맛난 팥 칼국수 한 그릇 만들어 줄 수 있겠느냐?" 나는 울음으로 엉망이 된 얼굴을 앞치마로 닦았다. 두려움으로 떨었을 미선을 안아서 안심시키고 갈아입을 옷을 챙겨주고 식당으로 내려갔다.

밀가루를 펴서 익반죽한 후 칼국수 반죽을 치댔다. 평소와 다르게 손이 가볍고 마음은 편안했다. 칼국수를 실처럼 길게 늘어 뺐다. 팥을 몽글몽글하게 삶아 으깨어 채로 곱게 내렸다. 할매는 내가 팥 칼국수를 만드는 동안 턱을 괴고 앉아 기다리고 있었다. 오늘만큼은 할매에게 화내지 않고 정성껏 대접하고 싶었다. 붉은 팥이 냄비에서 기포를 만들어 위로 오르며 부글부글 끓었다. 팥 칼국수를 하얀 도자기 그릇에 담았다. 설탕도 뿌려 단맛을 냈다. 칼국수

와 함께 어제 담은 김치를 놓았다.

"할매, 드셔 봐."

"그래 어디 한번 먹어 볼까. 팥 국물이 걸쭉하니 맛있구나. 칼국수 면발도 쫄깃하니 좋다. 역시 네 솜씨는 맛깔스러워. 김치가 아삭하고 참 맛있다. 네 김치는 따라올 손이 없구나."

"할매, 진짜 김치 맛있어?"

"내가 너에게 거짓말을 해서 무엇하겠냐? 나 거짓말쟁이 아니라고 했잖니." 젓가락을 들어 상에 놓은 김치를 먹어 보았다. 아침에 먹은 맛하고는 전혀 다른 맛이었다. 무슨 조화 속인지 알 수 없었다. 살다 보면 때론 말이 안 되는 일이 종종 일어나곤 하는데 이 또한 말로 설명할 수 없는 일이었다.

"할매, 궁금한 게 있어?"

"무엇이 궁금한 거냐?"

"원래 악귀나 귀신은 팥을 싫어하는데 할매는 팥 안 무서워?"

"내가 왜 그걸 무서워할 거라고 생각했니?"

"할매가 귀신이라고 생각했거든."

"하하하, 그랬구나! 내 말이 틀린 것은 아니다. 난 이 세상 사람이 아니니까. 난 너에게 어떤 존재인 것 같니?"

"글쎄. 처음엔 나를 괴롭히는 백발노인네라고 생각했지. 그런데 오늘 보니……."

내가 골똘히 생각하는 동안 할매가 말을 이어갔다.

"내 손에 차고 있는 팔찌는 원래 내 것이었다. 그 팔찌를 내 할머니가 물려받고, 내 엄마가 물려받아 너에게까지 전해진 거란다. 그러니 넌 내 딸에 딸이고 딸이니 내 딸이나 마찬가지지. 아니, 그렇냐? 오늘 팥 칼국수 참 맛 나구나."

"내가 참 어리석었네. 지금까지 조상 덕으로 먹고살았는지도 모르고."

"네 손은 생명을 품은 손이다. 음식은 사람의 생명을 살리기도 하고 죽음에 이르게도 한다. 음식은 사람의 마음과 같아 그 마음이 음식에 담기는 법이지. 음식은 사람에게 복을 짓는 일이다. 너의 손을 아껴 쓰며 많은 사람에게 맛있는 음식으로 행복을 나누어 주려무나. 그게 네가 엄마에게 받은 사랑이다. 너의 손에서는 아름다운 향기가 배어 있다. 정민아, 신이든 삶이든 내 앞에 다가오면 겁내지 말고 담대하게 받아들이며 내 삶을 헤쳐 나가거라. 지금까지 잘해 왔으니 앞으로도 잘할 거라 이 할매는 믿는다. 난 네 곁에서 너를 항상 지키고 있느니 언제든지 필요하면 부르거라. 삶을 살아가면서 너 자신을 지키며 살아가는 게 다른 사람을 지키는 일이기도 하단다." 할매 목소리는 점점 작아지면서 멀어졌다.

할매가 떠난 자리를 물끄러미 바라보았다. 지금껏 나와 붉은 실 팔찌로 묶여 있던 할매는 내가 어려울 때마다 나타나 날 도와주고 안아주었다. 할매를 참 많이 미워했는데 할매로 인해 미움도 사랑이라는 걸 알게 되었다. 내가 보이는 세상과 보이지 않는 세상을 연결해 주는 끈은 끊어지지 않는 실타래로 연결되어 있었다. 내게 소중한 것을 지킨다는 것은 날 잘 지키는 거라는 걸 할매는 계속 말해 주고 있었다. 엄마가 나를 지켰던 것처럼 나 또한 자식을 지키고 싶었다. 엄마가 나에게 남겨준 붉은 실의 팔찌는 나를 지키는 생명의 끈이라는 걸 이제야 어렴풋이 알게 되었다.

해가 산허리를 넘어가자 가로등 불빛에 비친 나무가 가을바람에 살랑거렸다. 손끝을 만져보니 이제 손에서 열이 나지 않았다. 시어진 김치 통 뚜껑을 열어 김치 맛을 보았다. 예전 맛으로 돌아왔다. 모든 게 감사했다.

할매가 둘러 준 목도리를 하고 옷을 갈아입은 미선이 가게로 내려왔다. 잠깐 사이에 핼쑥해진 미선의 얼굴을 보자 가슴이 아팠지만, 내 앞에 서 있음에 감격했다.

"엄마, 나를 지켜준 분 늘 엄마 따라 다닌다는 할매 맞지?"

"그래, 우리를 지켜준 분이셔."

미선과 얘기를 나누고 있는데 첫째, 막내가 배가 고프다며 가게로 들어왔다. 밥상을 차려 넷이 둘러앉아 두런두런 얘기를 나누며 밥을 먹었다. 차마 오늘 있었던 일을 첫째와 막내에게는 말할 수 없었다. 미선과 눈이 마주쳤을 때 내가 눈짓하자 미선이 알아들었다는 듯이 고개를 끄덕였다. 웃음 띤 얼굴로 밥을 먹는 아이들을 바라보니 뭔지 모를 무엇이 내 안을 가득 채우고 있는 것 같았다. 각자 자기 자리에서 자기 삶을 살아주는 아이들을 보자 새삼 고마웠다. 지금껏 내가 아이들을 지켰다고 생각했는데 아이들이 나를 지켜주고 있었다는 걸 알게 되었다.

'할매, 이제 알 것 같아. 지킨다는 것이 무엇인지.'

그날 이후 가게에 손님이 다시 오기 시작했다. 장사는 예전보다 더 잘 되었다. 가을이 가고 겨울이 왔다. 눈이 소복이 쌓인 날, 가게에 앉아 뜨개질실과 바늘을 꺼냈다. 겨울에 쓸 모자를 하나 뜨려고 실뭉치를 잡았다. 실이 마구잡이로 엉켜 있었다. 엉킨 실을 억지로 풀려고 하니 더 얽히고설켰다. 내 안의 핏줄이 하나로 연결돼 다른 끈으로 이어진 것처럼 인생은 하나의 끈으로만 이어진 것이 아니라 여러 끈으로 이어져 살아간다는 생각이 들었다. 여전히 내 몸에 실타래가 꼬여 있지만 그 실을 끊고 싶지 않았다.

성불 보류 신청서

신혜원

"저승법에 의거하여 성불을 진행한다."

김저승 앞에 서 있던 영혼 하나에서 연기가 피어오르더니, 순식간에 사라져 버렸다. 그와 동시에 김저승이 들고 있던 종이 역시 불에 타듯 허공으로 재가 되어 흩어졌다. 그리고 바로 그의 손에는 또 다른 종이가 새롭게 생겨났다.

"하아…."

김저승은 발끝부터 끌어올린 한숨을 내쉬며 생각했다.

'아 나 번아웃 뭐 그런 건가.'

김저승은 한 손엔 성불 보류 신청서를, 한 손엔 곰방대를 들고 안갯속으로 걸어 들어갔다.

"헉!"

수민은 식은땀을 흘리며 눈을 떴다. 알람이 울리기 2시간 전이었다.

꿈에서 수민은 어둠 속을 미친 듯이 달렸다. '내가 이렇게 달리기가 빨랐나?' 생각이 들 정도로 앞만 보고 전속력으로 달리고 있었다. 얼마나 달렸을까? 가까스로 달리는 두 다리를 멈춘 후 뒤를 돌아봤을 때 수민은 쫓는 건 아무것도 없었다. 그저 빛 한 줄기 스며들지 않는 어둠만이 수민을 감싸고 있었다.

1년 전, 마포대교를 지나다가 교통사고를 당한 후부터 수민은 이런 꿈과 함께 이상한 형상이 보이기 시작했다. 과학적으로 설명이 되지 않는, 흔히 말하는 '귀신'이 보이기 시작한 것이다. 사고 이후 생긴 증상으로 찾아다닌 병원만 10곳이 넘었지만 그 어느 곳도 이 증상을 설명해 주지 못했다.

"스트레스받지 마시고 휴식을 취하세요."

모든 의사가 이 말만 반복했다. 그렇게 병원을 전전하는 동안 수민은 귀신을 보는 게 익숙해졌고, 그 시간 동안 수민은 귀신을 본다는 사실을 받아들였다. 하지만 바뀐 건 그것뿐만이 아니었다. 수민은 다니던 회사에서 퇴사해야 했다. 사고와 수술, 그리고 원인 모를 증상을 치료하려다 보니 잦은 조퇴와 휴가가 불가피했고, 결국 회사에서 사직을 권고받았다.

실업급여 수급 6개월 차, 이제 마지막 달이다. 이번 달이 끝나면 더 이상 지원금이 나오지 않는다. 핸드폰을 켜자 불합격 메시지만 가득 쌓여 있었다. 이번 달만 벌써 열세 번째 불합격 통보였다.

수민의 인생은 사고 전후로 180도 바뀌었다. 처음엔 병원, 신당 등 이상한 현상을 치료해 본 유명한 곳이라는 것만 보며 시간과 돈을 썼고 그러면서 숨만 쉬어도 나가는 월세, 통신비에 허리띠를 졸라매야 했다. 백수인 상태로 시간은 흘렀고 돈도 다 떨어져 갔다. 받아들이기만 하면 될 줄 알았던 귀신을 보는 일은 생각보다 고통스러운 면이 많았다. 머리부터 발끝까지 정상인 귀신은 드물었다. 대부분 어디가 찢어져 있거나 아예 없거나, 심지어 얼굴이 없는 경우도 있었다.

다시 잠들지 못하고 침대에 누워 천장만 바라보았다. 하지만 수민에게 이런 여유로운 시간은 사치였다. 수민은 몸을 일으켜 책상에 앉아 헬로워크 사이트에 접속했다. 습관적으로 새 채용 공고를 확인하다가 이상한 공고를 하나 발견했다.

"저승 민원 성불 도우미 계약직 채용"

- *담당업무 : 망자 상담 및 성불 관련 업무*
- *근무지 : 서울시 전 지역*
- *급여 : 월 삼백이십만 원 (세후)*
- *근무시간 : 오전 9시부터 오후 6시 (초과근무수당 별도)*

수민은 직감적으로 알 수 있었다. 이 채용 공고는 수민에게 보이는 귀신들처럼, 자기 눈에만 보이는 것이라고. 그렇게 생각한 이유는 사고 이후 이 세상에는 우리가 보지 못하는 것들이 의외로 많이 숨어있다는 걸 깨달았기 때문이었다.

수민은 주저 없이 지원 버튼을 눌렀다. 더 이상 물러설 곳은 없었다. 클릭하자마자 화면이 깜박이더니 새로운 창이 떴다.

지원이 접수되었습니다. 이 메시지는 지원자 본인에게만 보입니다.

수민은 화면을 다시 확인했다. 분명히 방금 전까지 있던 채용 공고가 사라져 있었다. 마치 처음부터 없었던 것처럼, 하지만 수민의 핸드폰에는 면접 확인 메일이 도착했다.

'정말 내 눈에만 보이는 거였구나.'

수민은 처음부터 자신의 증상이 저주가 아닌 축복일 수도 있다는 생각을 했다.

저승 민원 성불 도우미 계약직 면접 - 강남역 5번 6번 출구 사이 관리실

문자 메시지대로 찾아가니 정말 면접 장소가 있었다. 그 누구도 수민이 5번과 6번 출구 사이에 있는 관리실로 들어가는 걸 신경 쓰지 않았다. 마치 수민도 이 세상에 없는 사람으로 취급받는 것 같았다.

"정수민 씨 맞으시죠?"

김저승의 목소리는 지쳐 있었다. 김저승은 중간에 놓인 의자로 수민을 안내했다. 수민은 의자에 앉아 이력서를 꺼내 건넸다.

"아, 이력서는 여기. 여기도 프린트 다 돼요."
"아…."

수민은 멋쩍게 이력서를 가방에 다시 넣으며 김저승을 살폈다. 검은 갓, 검은 도포, 곰방대, 창백한 피부.

"아, 저는 김저승입니다. 저승 민원 담당자예요."
"아, 안녕하세요. 정수민입니다."
"안 놀라네. 언제부터 봤어요?"
"네?"
"귀신 말이에요. 저희 같은 존재들."

수민은 김저승에게 사고 났을 때부터 지금까지의 일을 털어놨고, 김저승은 중간에 말 한 번 끊지 않고 수민의 얘기를 전부 들었다.

"좋네요. 내일부터 출근하세요."
"그게 전부예요? 더 없어요?"
"뭐가요?"

수민은 당황했다. 아, 일반 면접이랑 정말 다르구나.

"아니 뭐… 성격의 장단점이라던가, 앞으로의 각오라던가…."

"별로 중요하지 않아요. 귀신만 볼 수 있으면 되거든요. 그렇게 된 건 안타깝지만요."

이 말을 끝으로 김저승은 수민을 문으로 안내했다. 수민에게도 면접은 그리 중요하지 않았다. 중요한 건 드디어 취업에 성공했다는 것이었다.

다음 날 아침 9시. 수민은 어제와 같은 장소에 도착했다. 여전히 아무도 수민이 관리실로 돌아가는 것을 신경 쓰지 않았다.

"정시 출근이네요. 좋아요."

"네."

김저승은 어제보다 조금 더 활기차 보였다. 아니, 정확히는 '일할 사람이 생겨서 다행'이라는 표정이었다.

"오늘은 첫날이니까 간단한 업무부터 시작할게요. 성불 신청서 정리하고, 보류 사유 분류하는 거예요."

수민은 김저승을 따라 사무실 한쪽 벽면을 가득 채운 서류함을 바라봤다. 서랍마다 라벨이 붙어있었다.

'미련', '복수', '사랑', '가족', '꿈', '기타'

"생각보다 체계적이네요."

"안 그러면 일이 안 돌아가죠. 하루에 처리해야 할 건수가 보통이 아니거든요."

"그럼 모두 손으로 적으면 되나요?"

"생각보다 올드하지 않아요. 맥북, 고속 인터넷, 네스프레소 머신까지. 요즘엔 하도 세상이 빨라서 손으로 적다간 10년 금방 가더라고요."

사무실은 누구도 저승사자가 있을 거라고 생각도 못 할 정도로 최신식이었다. 오히려 그동안 다녔던 회사들보다 장비들은 더 뛰어났다.

"요즘 저승 일도 디지털이라… 제사도."

"아…네."

수민은 김저승이 안내하는 자리에 앉았다. 수민 앞에는 의자 하나가 놓여 있었고, 이미 자리에 있는 노트북엔 파일이 켜져 있었다.

"난 나가서 성불 보류자들을 잡아 오는 일을, 수민 님은 성불 보류자 상담해서 한 풀어주고."

"한을 풀어준다고요?"

"항상 가자고만 하면 그렇게 핑계가 생기거든요. 이래서 안 되고, 저래서 아직 못 가겠고… 그런 부분 들어줄 건 들어주고, 수민 님은 한마디만 하면 돼요."

수민은 긴장을 숨기기 위해 침을 삼켰다.

"저승국 망자관리법에 따라 체류 기간 초과하여 강제 성불 가능합니다."

한적하고 무료하게 시간이 지나가던 오후, 사무실 문이 열리며 첫 번째 고객이 들어왔다.

수민이 처음 만난 건 나래였다. 김저승을 따라 사무실에 들어온 그녀는 김저승과 마찬가지로 창백했다. 수민은 내색하지 않고 나래의 서류를 확인했다. 다만 수민은 나래를 보자마자 어딘가 모를 불쾌감을 느꼈다. 불편했고, 불쾌했다. 어떤 이유인지 모르겠지만 그냥 빨리 그녀가 이곳을 떠났으면 하는 바람이었다.

'MBTI 테스트, 인생네컷 찍기, 배달 음식 먹으며 넷플릭스 보기….'

영화나 드라마에서 보듯이 그들이 이승을 떠나지 못하는 이유가 누군가에게 복수를 한다거나, 은혜를 갚는다거나 하는 거창한 것일 줄 알았는데… 나래의 이유는 '이것도 이유라고?' 할 정도로 소박했다.

"저승국 망자관리법에 따라…."

"잠깐만요!"

김저승이 알려준 멘트를 하려는 수민의 말을 나래가 급하게 끊었다.

"커피 한 잔만 마시고 가면 안 될까요?"

"이미 187일이 지났어요."

"바쁘게만 살았어요. 아침 7시에 출근해서 밤 11시에 퇴근하고, 주말에도 일했어요. 뭔가를 즐겨본 적이 없어요. 이렇게 떠날 수 없어요."

수민은 순간 나래의 모습에서 자신이 보였다. 교통사고를 당하기 전 수민도 늘 야근을 자처했다. 끝나지 않는 업무들을 모두 처리해야 인정받을 수 있을 거라는 착각 때문에 하루도 쉬지 않고 일만 했다.

그렇게 동료들을 위해, 회사를 위해 일했지만 교통사고

이후 수민을 향해 돌아온 것은 칼날 같은 시선뿐이었다. 앞에서는 웃고 뒤에서는 사실도 아닌 소문을 퍼뜨리는 사람들 때문에 구설에 시달리던 수민은 결국 도망치듯 회사의 사직 권고에 응할 수밖에 없었다.

"그게…."
"제발요…."

출근 첫날부터 이래도 되나. 나래의 간절한 말에 수민은 한숨을 쉬며 말했다. 손목시계를 보며 수민은 시간을 확인했다. 아직 퇴근까지 6시간이 남아있었다.

"6시간 드릴게요."

나래는 수민에게 "고마워요."라는 말을 남기고 다시 사라졌다.

후회는 아무리 빨라도 늦다고 했던가, 수민은 나래가 사라지자마자 후회가 밀려왔다. 아무리 이승의 일이 아니라 해도, 출근 첫날부터 지시받은 일을 마음대로 처리한 것이 마음에 걸렸다.

김저승이 이 상황을 보고 뭐라 할지도 그제서야 걱정이 되기 시작했다.

"찾아서 데려오세요."

김저승에 말에 수민은 멍-해졌다. 찾아서 데려오라고? 내가? 어떻게?

"제가 어떻게…."

"그럴 수 있으니까 6시간을 맘대로 준 거 아닌가?"

"그건 저승님께서 나래씨 사연을 몰라서…."

"수민 씨를 고용한 건 저고, 고용된 수민 씨가 할 일은 제가 시킨 일입니다. 본인의 실수는 직접 수습하세요. 못 하면… 아쉽지만 같이 일할 수 없어요."

수민은 당황했지만 시간이 없었다. 더 이상 실업자로 있을 수는 없었다. 어떻게든 이 일을 지켜야 했다. 나래가 어디로 갔을까? 수민은 거리를 헤매며 나래를 찾아다녔다. 핸드폰에 저장된 나래의 서류에는 나래가 생전에 자주 갔던 장소들이 기록되어 있었다. 회사, 홍대입구역 인생네컷, 근처의 작은 카페.

나래가 하고 싶어 하는 걸 보며 수민은 괜히 마음이 울적해졌다. '난 이런 거 해 본 적이 있었던가?' 생각이 스쳐 지나갔다. 하지만 생각에 잠겨 있을 시간이 없었다.

먼저 회사에 가봤지만 나래는 없었다. 당연하다. 나래가 이승을 떠나지 못하는 이유에 복수는 없었으니 회사에 미련도 없을 것이다.

다음으로 찾아간 곳은 홍대입구역 근처 인생네컷이었다. 만날 가능성은 높았지만 그녀는 없었다. 그녀를 찾던 수민도 점점 지쳐가기 시작했다. 하지만 그녀는 무슨 이유인지 포기하고 싶지 않았다. 아니, 포기할 수 없었다는 표현이 더 맞았다. 어딘가 불쾌한 느낌의 정체가 무엇인지 알아내고 싶었다.

세 번째 장소에서 수민은 나래를 발견할 수 있었다. 창가에 앉아 아메리카노를 마시며 사람들을 바라보고 있는 나래의 모습을 보자, 수민은 묘한 감정이 들었다.

"나래 씨."
"금방 찾으셨네요."

나래는 수민을 보고 놀라지 않았다. 마치 수민이 찾아올 걸 알고 있었다는 듯이 무심하게 반응했다. 아까 6시간만 달라고 하던 사람과는 어딘가 다른 모습이었다.

"제가 이승을 떠나지 못하는 이유에 왜 복수가 없는지 알아요?"

나래는 창문을 보던 시선을 수민에게로 돌리며 물었다.

"아니요…."

"이미 사람들은 충분히 당하고 있는 거 같아서요. 내가 괴롭히지 않아도 밤마다 지쳐 쓰러져 자요. 저주하지 않아도 저주받은 사람처럼 표정이 어두워요."

나래의 말에 수민도 나래가 보던 창밖으로 시선을 옮겼다. 무표정한 표정으로 시선은 핸드폰에만 고정한 채 걷는 사람들. 살아있지만 좀비라고 해도 믿을 만한 안색이었다.

나래는 수민을 보며 계속 말을 이어갔다.

"이거 보세요. 사진 잘 나왔죠? 살면서 뭐 했나 몰라 이런 거 하나 안 찍어보고."

수민은 나래가 보여준 사진을 유심히 보며 생각에 잠겼다. '나도 이런 사진이 있었던가?' 나래는 생각에 잠긴 수민을 지그시 바라봤다. 혼란에 빠진 수민의 표정이 눈에 들어왔다.

"수민 씨는 어쩌다 이 일을 하게 됐어요?"

"돈이 없어서… 사고를 당하고 나래 씨 같은 귀신을 보게 됐어요. 그러다 보니까 일상생활이 어려워지고, 회사도 그만두고, 돈도 떨어지고, 그러다가 이 일을 해줄 사람 구한다는 공고를 보고 지원했어요."

"그렇구나. 수민 씨는 뭘 좋아해요?"

나래의 뜬금없는 질문에 수민은 혼란스러워졌다. 도대체 무슨 말이 하고 싶길래 계속 돌려 말하는 걸까.

"글쎄요… 근데 그건 왜요? 저 지금 김저승 님이 화나 계셔서…."

"전 28년을 살았는데 정작 제가 뭘 좋아하는지도 몰랐어요. 퇴근하면 쓰러지듯 자고, 주말엔 밀린 업무 처리하고 그렇게 살다가 어느 날 갑자기 쾅!"

또다시 수민의 말을 끊은 나래의 목소리가 미세하게 떨렸다. 아까부터 느껴지던 묘한 불쾌감의 정체를 알 것 같았다. 나래가 자신과 너무 닮아서 오는 불쾌감이었다. 순간 수민의 머릿속에 파편처럼 흩어져 있던 기억들이 맞춰지기 시작했다.

마포대교, 빗길, 미끄러지는 차, 난간을 넘어가는 순간의 아찔함.

"잠깐… 잠깐만요!"

수민은 떨리는 손으로 핸드폰을 꺼냈다. 마지막 통화 기록 1년 전, 문자도, 모든 알림도 1년 전이 마지막이었다.

"이게 어떻게 된 거죠?"
"… 아직도 모르겠어? 난 네가 만들어낸 또 다른 나야."

순간 수민의 머릿속에 그동안의 일들이 주마등처럼 스쳐 지나갔다. 수민의 손에 들린 사진엔 나래가 아닌 수민이 있었다. 그 순간 주변이 어두워졌다.

"이름, 정수민. 나이 28세. 퇴근길에 교통사고로 사망."
"김…저승 님?"

수민을 찾아온 김저승은 수민의 인적 사항을 줄줄 읊어대기 시작했다.

그날도 어김없이 수민은 하루 종일 회사에서 시달렸다. 며칠째 하루에 4시간만 자고 버텼다. 그렇게 일하면 누구라도 알아줄 거라 믿었다. 아무리 뒤에서 자신에 대한 좋지 않은 소문이 돌아도, 사람들은 금세 관심을 잃을 거라고, 반응하지 않으면 그대로 멈출 거라고 생각했다.

퇴근길에 비가 내리지 않았다면 하루의 결과가 달라졌

을까. 하필 수민이 회사 건물에서 나오자마자 장대비가 쏟아지기 시작했다. 잠깐 고민하던 수민은 택시에 올라탔다. 이미 12시가 넘은 시각. 그런데도 서울 시내 높은 빌딩들은 여전히 환하게 빛을 내뿜고 있었다. 수민은 습기로 뿌옇게 된 창문에 손가락으로 글자를 써 내려갔다.

'인생네컷 찍기'
'맥주 한 잔 마시면서 수다 떨기'
'커피 마시며 사람 구경하기'

그 순간 굉음이 울려 퍼지며 순식간에 차는 마포대교 난간에 부딪혔고, 수민의 몸은 크게 흔들렸다. 그것이 수민이 기억하는 마지막 조각이었다.

"이름, 정수민. 나이 28세. 퇴근길 교통사고로 사망."

다시 정신을 차렸을 때 수민의 앞에는 김저승이 서 있었다. 수민의 피부는 방금 전 함께 있던 나래처럼 창백했다. 김저승은 수민에게 마저 해야 할 말을 이어갔다.

"저 커피 마시면서 여유롭게…."
"가야 할 시간이야."
"근데 제가 그러니까…."
"사람들은 참 웃기지. 시간을 줘도 몰라. 지금 소중한

게 뭔지, 그래서 내가 뭘 해야 하는지."

수민도 마찬가지였다. 1년이 흐르는 동안 그녀 역시 평소 하고 싶었던 일, 교통사고가 나던 날 창문에 적어 내려가던 일들을 외면하고 있었다.

"저승법에 의거하여 성불을 진행한다."

김저승의 말에 수민은 연기처럼 사라졌다. 김저승의 손에는 수민이 1년 전 작성해 제출했던 성불 보류 신청서가 남았다.

---성불보류신청서
정수민 / 평범한 일상을 하루만이라도 살아보고 싶다.

"사람들은 참, 어리석지. 다 지나고 나서야 약속이든, 지금 처한 상황이든 지키겠다고 말하는 게, 처음부터 그렇게 살면 되는걸. 꼭 죽어서야 깨닫는다니까."

김저승의 손에 있던 수민의 성불 보류 신청서가 불에 타 허공으로 흩어졌다. 멀리서 마포대교 쪽으로 다가가는 사이렌 소리가 공허가 울려 퍼졌다.

작가의 말

작가의 말 • 김수수

가지지 못한 것을 늘 부러워했다. 기어코 갖게 된 날엔 허무했다. 그때 깨달았다. 모든 걸 다 가져도 외롭겠구나. 하지만 욕망을 좇는 경험 속 다채로운 감정들은 깊게 남아 끊임없이 내 안에서 연결되고 있었다. 무기력, 공포, 불안부터 기쁨과 행복의 수준까지 선명히도 살아있다는 감각으로 말이다. 그때 깨달았다. 모든 게 의미 있는 거구나.

그 깨달음은 결국 욕망을 즐거운 것으로 보게 만들었다. 그래서 나는 욕망을 솔직하게 표출하는 이야기를 써보고 싶었다. 양심의 가책을 느끼지만 성공으로 존재를 드러내야만 하는 남희영, 자극과 쾌락으로만 살아있음을 느끼는 김범, 위선을 동원해서라도 원하는 것을 얻으려는 마법사. 각자 존재의 정당성을 지키기 위해 욕망을 제대로 응시하고 돌파하는 인물들의 이야기다.

작가의 말 • 김연우

모든 사람의 마음에는 시인이 산다.

돌연 뇌리를 스친 이 한 문장이 나를 오래도록 놓아주지 않았다. 그러던 어느 날, 내 마음속에서 호의호식하던 시인이 홀연히 사라져 버렸다는 직감에 사로잡혔다. 두려움이 엄습했다. 무엇이 두려웠는지는 잘 모르겠지만—텅 빈 방을 하염없이 바라보는 기분이었다. 적막하고 쓸쓸했다. 다시 돌아오지 않을까, 막연히 그렇게 생각했을 뿐이다. 그러다 어느 새벽에는, 방으로 돌아온 시인이 나를 물끄러미 바라보는 것이다. “제가 이번에는 이중 스파이 역할을 맡았습니다.”라며 밤새 이야기를 들려주기도 하고. 언제 떠날지는 또 모르겠지만…….

〈시인의 방〉은 모든 사람의 마음에는 시인이 살고 있다는 믿음으로 쓴 이야기다. 주인공 선주가 시인의 원고를 두고 어떤 선택을 할지는 나로서는 알 길이 없다. 어떤 선택을 하든 선주를 존중한다. 시인이 우석빌라 102호로 돌아올지 아닐지도 역시나 알 길이 없다. 하지만 선주는 시인을 기다릴 것이다. 내가 그랬듯이. 내가 그러고 있듯이.

그리고 어쩌면 당신도…….

김연우 blog.naver.com/paperlife

작가의 말 • 신혜원

노래 하나를 들었다. 귀가 아니라 마음에 꽂혔다. 그런 순간에 수민이 떠올랐고, 나를 투영했다. 이 세상 모든 수민이들에게 위로를 주고 싶었다.

먼저 떠나간 수민이들도, 어쩌면 이 세상에 미련이 남아 떠나가지 못하고 있을까? 하는 생각까지 미쳤다. 살아있는 동안 말하지 못했던 것들, 전하지 못했던 마음들이 그들을 붙잡고 있는 건 아닐까. 그런 수민이를 최대한 덤덤하게 그려내고 싶었다. 감정에 휩쓸리지 않으면서도, 그 안에 담긴 깊은 슬픔과 그리움을 독자들이 느낄 수 있도록.

이 세상 모든 수민이들이 하루하루 후회 없는 삶을 살아가고, 오늘이 슬퍼도 내일은 다른 삶이 펼쳐질 수 있다는 희망이 있다는 걸 잊지 않길 바란다. 때로는 그 희망이 작은 노래 한 곡에서, 누군가의 따뜻한 시선에서, 혹은 이런 작은 이야기에서 시작될 수도 있다는 것을.

작가의 말 • 정인희

그동안 보고 들은 악플 사건이 계기였다. 가끔 보던 유튜브가 사라졌다. 처음에는 응원 댓글이 많았는데 가족 간 에피소드를 올린 후 악플이 쏟아졌다. 면전에서 하지 못할 말을 온라인에서 마구 쏟아내는 사람들 때문에 상처받고 힘들어한 모든 분이 위로받으면 좋겠다. 가슴이 내려앉을 정도의 악플을 보며 내 얘기라면 얼마나 무서울까 생각하곤 한다. 악플로 유명을 달리하신 분들을 보며 안타까웠다. 당신 잘못이 아니라고, 잘 모르고 떠드는 거라고, 그런 사람들 때문에 나쁜 선택을 하지 말라고 말해줬다면 극단적인 선택은 안 하셨을까 생각하면 늘 미안하다.

무관심보다 악플이 낫다는 소리는 옳지 않다. 자신과 맞지 않다면 그냥 조용히 있어 주는 것이 어떨까?

인류애가 사라져가는 요즘, 다정한 사람이 되고 싶다. 따뜻한 말 한마디, 부드러운 눈길이 상대방을 잠시라도 위로할 수 있다면 좋겠다. 크리스마스에 반짝이는 전구처럼 따뜻한 세상을 꿈꾼다.

작가의 말 • 진선이

"꿈은 생생하게 구체적으로 꾸어야 이루어진다."라는 말이 있다. 그 말을 늘 가슴에 품고 살았다. 에세이 작가로 시작했지만, 언젠가 소설을 써 보고 싶다는 꿈을 놓지 않았다. 막연한 시작 앞에서 어떤 이야기를 펼쳐 보일까 오래 고민했고, 하얀 백지 위에서 오래도록 머물며 서성였다. 소재를 모으며 어린 시절의 나를 불러냈다. 그 시절 내가 지켜내고 싶었던 것은 무엇이었을까. 엄마를 잃은 나는 본능적으로 '나'를 지키려 했고, 엄마가 된 후에는 나의 피를 물려받은 자식을 지키고 싶었다. 그 순간 깨달았다. 자식을 지키고 싶어 하는 내 마음이 곧 엄마 마음이라는 것을. 삶을 살다 보면 누구나 한 번쯤 힘듦의 고비가 찾아온다. 외롭고 고단한 순간 혼자가 아닌 나를 지켜주는 '수호신'이 있다면 그 존재만으로도 세상 버텨낼 힘이 생긴다. 그 마음으로 이 소설을 썼다. 비록 보이진 않지만 어딘가에서 나를 지켜주는 수호신이 있다고 믿으며 견뎌낸 나처럼 그 마음이 독자의 삶에도 향기롭게 닿기를 바란다.

진선이 Instagram.com/pyojinpyojin

작가의 말 • 황효

도시에서 가장 나약하고 멸시받는 존재인 비둘기. 어느 날 실외기 위에서 요란하게 울어대는 비둘기를 마주하고, 그들에게 퍼붓는 혐오의 말들을 접했다. "무섭다, 싫다, 더럽다, 꺼져라." 새라서 울었을 뿐인데 돌아오는 건 욕설이다. 나는 그들의 눈동자에서 슬픔이 느껴졌다.

문득 비둘기의 삶이 궁금해졌다. 먹이는 어떻게 구하고, 겨울은 어떻게 나는 걸까. 그러다가 우리 집 보일러실에서 몸을 녹이며 구석에 알을 숨겨 품은 비둘기를 찾았다. 척박한 도시 속에서도 살아남는 비둘기의 유연함에서 나는 지혜를 보았다.

이 소설 속 비둘기는 난민, 이주민, 새로운 곳에 적응하느라 어색한 누군가를 상징한다. 그들의 삶과 고통을 전부 알 수는 없지만, 비둘기의 삶을 빌려 살아내려는 의지와 열망을 표현했다. 어디에서든 자신의 삶을 살아가는 모든 이를 응원하며, 구구의 빨간 눈동자 속에서 자신의 평화를 찾을 수 있기를 바란다.

황효 instagram.com/hwan_hy0

지키고 싶은 마음의 단편(斷片)

1판 1쇄 발행 | 2026년 1월 1일

지은이 | 김수수, 김연우, 신혜원, 정인희, 진선이, 황효

편집.디자인 | 새벽감성

발행인 | 김지선

펴낸 곳 | 새벽감성, 새벽감성1집

출판등록 | 2016년 12월 23일 제2016-000098호

주소 | 서울 양천구 월정로50길 16-8, 1층 새벽감성1집

이메일 | dawnsense@naver.com

블로그 | blog.naver.com/dawnsense

인스타그램 | @dawnsense_1.zip